I0712456

TOI, DEPUIS TOUJOURS

UNE NOUVELLE DE DEJOUER LE SYSTEME

BRENNA AUBREY

TRADUIT PAR SUZANNE VOOGD

SILVER GRIFFON ASSOCIATES
ORANGE, CA, USA

Design de la couverture :(c) Vanilla Lily Designs

Traduction française : S. Voogd
Révision française : Valérie Dubar

ISBN 979-8-88908-024-4
Silver Griffon Associates
P.O. Box 7383
Orange, CA, USA 92863
www.BrennaAubrey.fr

CHAPITRE UN
MICHAELA

Noël approchait vite. Comme à chaque renouvellement du calendrier, il semblait arriver plus vite que l'année précédente. Et c'était le cas cette année aussi. Ne venais-je pas de me remettre de ma gueule de bois du Premier de l'an, de dévorer des chocolats de la Saint-Valentin et de déclencher des feux d'artifice pour le quatre juillet ? Ce qui me semblait être juste quelques semaines représentait en réalité des mois, et nous voilà encore à la fin de l'année, confrontés à l'assaut de Noël. Comme d'habitude, je n'étais pas préparée. En outre, je n'étais pas du tout d'humeur.

Mon copain depuis plus d'une année et moi étions arrivés à la décision mutuelle de rompre pendant le week-end de Thanksgiving. Ensuite, j'avais raté un de mes examens terminaux.

Fa la la la la, grrr.

Et franchement, ce n'était pas la bonne semaine pour lutter contre une envie de vomir à l'arrière de la voiture... trois courtes semaines après la rupture susmentionnée. D'autant plus que nous montions sur une route de montagne sinueuse et escarpée pour un week-end à la neige dans un chalet rempli de gens que je connaissais à peine.

Et pourtant, j'étais là parce que ma colocataire avait insisté pour que j'arrête de me « morfondre » et que je sorte de la maison. Son copain et elle avaient rompu environ un mois avant moi. Ainsi, d'après elle, nous en étions au même point. Sauf que, non, pas vraiment.

— Dans la première strophe, c'est « le vieux monsieur qui avance avec sa canne dans la main », ou « le vieux monsieur qui descend vers le village » ?

Tiffani vérifia son maquillage dans le miroir du pare-soleil qu'elle releva ensuite avec un claquement.

— Argh, grognai-je. Si on ne s'arrête pas bientôt, ce sera « la vieille fille qui va vomir à l'arrière ».

— Oh, allez, Michaela. On en a déjà parlé… il faut garder une attitude positive, d'accord ? Chante des chants de Noël avec moi et ça te changera les idées. *Jingle Bells*, ça vous dit ? On est trois. On peut faire un canon.

À la place, je jetai la tête en arrière avec désespoir, contemplant le toit de la voiture alors que nous prenions un autre virage.

— Ralentis, Jeremy, ordonna Tiffani au conducteur.

— Pas question. J'ai déjà une file de voitures derrière moi. Je ne peux pas aller plus lentement que ça.

— On s'en fiche des autres… on arrivera là-bas quand on arrivera.

Il poussa un soupir.

— Faire cinq kilomètres-heure de moins ne nous aidera pas.

Tiffani souffla et soupira en regardant par la vitre. Je ponctuai son soupir par un autre grognement. Au moins, elle était devant parce que c'était son ex qui conduisait. Le siège arrière, c'était *affreux*.

— Où est passée ta compassion ? râla-t-elle.

— C'est vrai, il a raison. Ça n'ira pas mieux en allant plus lentement.

Elle me jeta un regard légèrement irrité. Je l'avais peut-être vexée. Tiffani avait elle aussi un teint verdâtre et elle voulait sans doute ralentir pour elle-même plus que moi.

Je n'aurais vraiment pas dû m'en mêler. Je n'avais aucune envie qu'ils commencent à se chamailler. D'autant plus qu'ils avaient décidé d'essayer de se remettre ensemble ce week-end.

Bizarrement – et c'était très gênant –, ils avaient choisi un week-end de fête avec les amis du travail de Jeremy. Eh oui, j'avais peut-être volontairement accepté d'être traînée ici plutôt que d'affronter un appartement vide le week-end précédent Noël. Sinon, je ne serais sans doute pas sortie de mon lit et j'aurais écouté des chansons tristes en mangeant n'importe quoi.

Ooooh. Ne pense pas à manger, Michaela.

Me voici donc, captive et nauséeuse pendant un trajet de deux heures depuis le comté d'Orange jusqu'à la ville montagnarde de Big Bear. Un petit peu de neige, de fêtes et d'hiver feraient peut-être du bien à mon âme. *Peut-être.*

Je voyais dans le rétroviseur que Jeremy luttait pour ne pas sourire à cause de l'irritation évidente de Tiffani.

Elle tourna brusquement la tête, ce qui fit voler ses cheveux noir de jais.

— Je t'ai dit que nous aurions simplement dû passer ce week-end tous les deux. Je ne sais pas comment une maison pleine de gens avec lesquels tu travailles va nous aider. Même si moi aussi, je suis amie avec la plupart d'entre eux. Ça fait beaucoup de monde.

Jeremy haussa les épaules avec bonhomie.

— Ce sera amusant. Tu sais que tout le monde est gentil. Et ils étaient très enthousiastes quand j'ai dit que tu venais. De plus, ils prévoient ça depuis des mois. Nous avons réussi à tenir tous nos délais et nous avons envie de fêter ça. Il va falloir faire avec, Tiff.

Oui… mais Tiffani n'était pas douée pour faire avec quoi que ce soit. Elle avait une mission : revenir avec Jeremy après presque deux mois de rupture. Et je prenais peut-être mes désirs pour des réalités, mais j'avais l'impression que Jeremy ne partageait pas vraiment son enthousiasme.

Tiffani serra les bras contre sa poitrine et tourna la tête pour regarder par la vitre.

Leur relation avait été mouvementée tout au long de l'année qu'ils avaient passée ensemble et j'avais partagé une grande partie de leurs malheurs en étant la confidente permanente de Tiffani et l'oreille attentive occasionnelle de Jeremy. J'étais la personne désintéressée au milieu.

Non, ce n'était pas une représentation exacte. *Non*. Je ne pouvais jamais être désintéressée en ce qui concernait Jeremy.

Tiffani avait peut-être été ma colocataire et amie, mais Jeremy avait été mon amour de collège. Et la première fois qu'il avait invité Tiffani à sortir, j'avais eu du mal à l'accepter, mais je l'avais fait en silence, ravalant ma bile. Presque autant de bile que je devais ravaler maintenant.

Mais qu'aurais-je pu dire ? Sean et moi étions encore ensemble à l'époque. Tout était tellement merdique.

— Alors, personne ne connaît l'ordre de la chanson ? demanda-t-elle. J'ai prévu tout un jeu autour de ça. Donna m'a demandé de l'aider avec les jeux.

— Pourquoi ne cherches-tu pas sur Google ? suggéra Jeremy.

Elle poussa un soupir.

— Lire dans la voiture me rend malade. Tu le *sais*.

La référence au fait d'être malade suffit à faire remonter une nouvelle vague de nausée en moi. Ma bouche se mit à saliver et j'avais la gorge qui brûlait. Je scrutai le plancher à la recherche d'un sac, n'importe quel sac plastique… au cas où.

— Tu pourrais entrouvrir la vitre ? Je vais mourir, ici, grognai-je.

Tiffani ricana.

— Il gèle, dehors. Je ne vais pas ouvrir.

— Tant pis. C'est toi qui porteras un tee-shirt au vomi dans une minute.

Avec un soupir explosif, elle appuya sur le bouton de la vitre, l'entrouvrant juste assez pour laisser passer un minuscule trait d'air que je ne pouvais pas sentir. Le seul moyen que j'avais de savoir que c'était ouvert, c'était à cause du bruit du vent. Je reposai ma tête en gémissant.

— Tu n'as qu'à boire du soda au gingembre, suggéra-t-elle inutilement.

Je levai les sourcils et je lui jetai un regard noir. Tiffani avait été une bonne amie, elle avait été là pour moi et pour m'aider à traverser le pire de mon chagrin quand j'avais perdu mon père l'année précédente. À l'époque, j'avais eu l'impression qu'elle aurait fait n'importe quoi pour moi. Mais dernièrement, elle avait changé. C'était peut-être à cause des difficultés dans sa propre vie amoureuse, ou bien autre chose.

Il y avait une distance entre nous et je ne savais pas pourquoi. J'avais toujours fait très attention à cacher mes sentiments – *quels qu'ils soient* – pour son copain quand ils étaient ensemble. Et je n'avais pas eu de véritable occasion de lui parler depuis que j'avais rompu avec le mien.

Elle ne pouvait quand même pas se sentir menacée par moi, si ? Étais-je la Maria de sa baronne Schrader ? Complotait-elle en secret pour me renvoyer au couvent ?

Je surpris encore le regard de Jeremy dans le rétroviseur. Ses yeux étaient plissés dans les coins, comme s'il essayait de réprimer son rire. Je lui tirai la langue. Il parut choqué et reporta son attention sur la route.

Il n'était pas un capitaine von Trapp sur le point d'enfiler ses gants et de danser le Ländler avec moi, mais il était *Jeremy*. Le meilleur ami de mon frère. Le type avec lequel j'avais pratiquement grandi. Et il m'avait manqué.

Heureusement, les vingt minutes qui suivirent se déroulèrent en silence. Jeremy avait été forcé de ralentir à cause d'un camion chargé de bois devant nous.

Tiffani marmonna quelque chose au sujet de mettre la station de radio qui-passait-des-chants-de-Noël-tout-le-temps-vingt-quatre-heures-sur-vingt-quatre-constamment-jusqu'à-donner-envie-de-vomir en espérant qu'ils passent la chanson. Mais on ne captait pas et il n'y eut qu'un bourdonnement retentissant. Comme elle avait échoué, elle décida – et c'était exaspérant – de se concentrer sur ma vie amoureuse, ou plutôt de son absence.

— Bon, comme tu es nouvellement célibataire, je pense que ce serait une bonne idée de considérer tes perspectives pour ce week-end.

— Mes perspectives ?

Je me laissai retomber contre le dossier de mon siège, le visage brûlant de honte. Jeremy venait seulement d'apprendre ma rupture la veille, quand nous nous étions tous rencontrés pour discuter des plans du trajet.

— Enfin, Tiff, ça fait deux semaines ? Trois ? Laisse-la souffler.

— Oui ! intervins-je, ravie par le soutien de Jeremy. Laisse-moi profiter d'être célibataire pendant un petit moment. Ne me brusque pas.

Elle haussa les épaules en jetant les bras en l'air d'un air théâtral.

— Pourquoi rater l'occasion de trouver quelques mâles célibataires de premier choix ? Jeremy travaille avec quelques types très mignons chez Draco. Quelques-uns sont pris, bien sûr, et d'autres seront accompagnés par leur moitié. Comme Jeremy et moi, Donna et Nathan.

Je croisai le regard de Jeremy dans le rétroviseur lorsqu'il leva les sourcils. Tiffani estimait donc qu'ils étaient déjà ensemble maintenant au lieu de faire un « week-end de test » ? Je me demandais ce que Jeremy pensait de ça. J'écarquillai les yeux en le regardant et il haussa légèrement les épaules sans que Tiffani le remarque.

— Hé, que dirais-tu de Lucas Walker ?

Je fronçai les sourcils.

— Je ne sais même plus qui c'est.

Mon regard atterrit sur le volant. De l'endroit où je me trouvais, je pouvais voir les doigts de Jeremy le serrer jusqu'à faire blanchir ses articulations.

— Tu sais... les cheveux bruns, de grands yeux marron. Les épaules larges. Il me donne l'impression d'être... raffiné, de la haute, mais sans être snob. Il faisait de l'aviron à la fac. Trrrès canon.

La tête de Jeremy se tourna très brièvement vers elle et elle posa une main rassurante sur son bras. Il était sûrement perturbé de voir qu'elle avait remarqué son collègue. *Oui, j'aurais pu le prévenir, même si je ne le ferais jamais.* Tiffani était constamment en mode repérage de types canon. Elle ne pouvait sans doute pas s'arrêter, même si elle essayait.

— Pourquoi tu ne l'invites pas à sortir, alors ? maugréai-je.

Elle me jeta un autre coup d'œil irrité par-dessus son épaule avant de lancer un regard appuyé vers Jeremy.

— Ha. Ha, dit-elle enfin. Mais Jeremy l'aime bien, non ?

Il s'éclaircit la gorge et parla d'une voix neutre :

— Oui. Lucas est sympa.

— Il est dans le management ? La programmation ? Ou dans ton équipe de développement ? insista Tiffani.

— Rien de tout ça. C'est le principal analyste des tests de jeux.

— Oh, vraiment ? Un chef de département ? Je parie qu'il gagne bien sa vie.

Tiffani se tourna vers moi pour me jeter un autre regard appuyé. *L'argent était tout en haut de la liste, avec le physique, de ce qu'elle trouvait important chez un homme.*

— Il est arrivé tôt dans l'entreprise ?

Jeremy haussa les épaules.

— Il est là depuis longtemps, oui.

— Oooh, hmm. Je parie que ça veut dire qu'il a des stock-options. Quand Draco Multimedia est entré en bourse, une partie des types des débuts qui ont été payés avec des stock-options sont devenus millionnaires d'un seul coup. *Malheureusement pas toi, bébé.*

Elle posa une main sur son bras et il lui jeta un coup d'œil avant de surveiller la route. Je voyais à la raideur de ses épaules qu'il était irrité.

Et nous étions deux. Je n'appréciais pas d'être assise ici à lutter pour ne pas rendre mon déjeuner pendant que Tiffani essayait de me vendre un type que je connaissais à peine.

Tiffani elle-même semblait chasser les maris depuis la naissance. De mon côté, je m'intéressais davantage à mon diplôme de journalisme et au fait de profiter de la vie en étudiant. Tiffani étudiait aussi le journalisme, c'était ainsi que nous nous étions rencontrées, mais elle ne semblait pas beaucoup s'y intéresser. Dans un peu plus d'une courte année, nous allions recevoir nos diplômes et être lâchées sur le marché du travail.

Tiffani craignait peut-être précisément cela.

— En parlant de *mucho* monnaie, il paraît que le plus convoité des hommes riches sera bientôt retiré du marché. Je n'arrive toujours pas à croire que tu n'aies pas pu avoir une invitation au mariage d'Adam Drake.

Tiffani lança cela à son… ex ? Son petit ami espéré ? Presque ex ? Comment devais-je l'appeler, et les deux ensemble ?

— Oui, ils n'ont pas invité beaucoup de monde. De plus, c'est dans les Caraïbes pour le Nouvel An. Quelqu'un doit rester à la maison et tenir la boutique.

Tiffani haussa les épaules.

— Ça ne m'aurait pas fait de mal de travailler sur mon bronzage pendant les fêtes. Et puis, ç'aurait été drôle de voir comment se marie un millionnaire.

— Je n'ai rien pour toi, Tiff, rétorqua Jeremy.

J'examinai son beau profil lorsqu'il se tourna vers elle, le visage sévère et réprimant manifestement son irritation. Je me demandais franchement pourquoi il avait invité Tiffani à venir ce week-end. Cela signifiait forcément qu'il voulait lui aussi se remettre avec elle.

Je poussai presque un soupir de soulagement, parce que le sujet avait été détourné, mais ç'aurait été un soupir trop tôt.

Tiffani se concentra à nouveau sur moi.

— Alors, Michaela, qu'est-ce que tu en penses ? Tu devrais tenter Lucas. Il roule en Mercedes.

— Oh, bon sang, râlai-je.

— Je ferai les présentations en arrivant. Il te suffira de lui montrer ton charme naturel. Il serait parfait pour toi.

— Comment le sais-tu ? Tu le connais à peine, fit remarquer Jeremy.

Elle haussa les épaules.

— J'en sais assez. Il est mignon. Il a réussi. Nous sommes allés à sa fête de pendaison de crémaillère, Michaela. Tu devrais voir sa maison. C'est une très jolie petite ferme historique. *Et* il est célibataire et il va certainement craquer pour notre adorable Michaela. Et puis, ils seraient tellement mignons ensemble. Avec les cheveux bruns de Lucas et la coloration blond pâle de Michaela.

— Ah, la compatibilité amoureuse par la couleur des cheveux. C'est parfait, lança Jeremy.

— Où va dormir tout le monde, au fait ?

Je dévisageai les deux amis assis à l'avant. L'idée qu'ils partagent encore une chambre me déprimait pour des raisons que je ne voulais pas approfondir.

Tiffani grinça des dents et jeta un drôle de regard à Jeremy en parlant :

— Donna a dit que la chambre principale est pour les couples. Je suppose que nous avons fait savoir trop tard que nous en voulions une, parce que les gars vont tous dormir sur le sol du salon et dans l'autre chambre.

— Ce n'est pas un souci. J'ai apporté mon sac de couchage.

Jeremy ne semblait pas du tout contrarié. Je ne pouvais nier le soulagement qui me submergea. Ils n'allaient pas être seuls dans une chambre. Heureusement !

— Alors nous, les filles, nous serons au grenier avec les lits superposés. Les garçons en bas dans leurs sacs de couchage.

Tiffani détourna les yeux, la voix soudain découragée et morne.

Quand je levai à nouveau les yeux, Jeremy me regardait par le rétroviseur. Il avait quitté la grande route et il avançait dans des rues de quartier en suivant les indications de son GPS.

Pendant un instant, nos regards se croisèrent et j'essayai d'ignorer les papillons que j'avais dans le ventre chaque fois que je voyais ses beaux yeux. Il sembla vouloir me communiquer quelque chose sans parler, mais je ne savais pas quoi.

La meilleure nouvelle de la journée jusqu'ici était que nous étions arrivés. Juste à temps pour épargner plus de souffrances à mon estomac fragile.

J'espérais juste que mon cœur, perdu comme il l'était déjà, aurait autant de chance.

CHAPITRE DUEX
JEREMY

TIFF ATTRAPA SES AFFAIRES ET TROTTINA VERS LES escaliers du chalet pour saluer ceux qui étaient déjà arrivés. Évidemment, elle avait laissé Michaela et moi faire le plus gros du travail : sortir les caisses de bière, les courses, les décorations et les cadeaux du coffre.

Il y avait de la neige ancienne par terre, mais les rues et l'allée avaient été déblayées. L'air froid et pur de la montagne assaillit mes sens, mais le vent et les nuages gris sombre dans le ciel annonçaient encore de la neige plus tard dans la journée, peut-être cette nuit.

Sans se plaindre, Mic avait remonté ses manches, attrapé quelques sacs et commencé à travailler en sautillant vers les marches, sa queue de cheval blonde se balançant derrière elle. Je la suivis en essayant d'ignorer la beauté de son cul dans son jean délavé et la courbe de son corps sous le pull. Je déglutis, me forçant à détourner les yeux. J'avais été doué pour ça au cours de l'année passée. Pourquoi était-ce si difficile de mettre de côté mon attirance maintenant ?

Je grinçai des dents, car je savais pourquoi. Parce qu'elle était célibataire.

Et j'étais… je ne savais pas trop quoi, dans cet étrange entre-deux où je pouvais bien être dans une relation ou pas à la fin de ce week-end.

Pour l'amour de Galliffrey, le temps n'avait jamais été de notre côté, hein ? Malgré ma frustration, je ne pus m'empêcher de sourire à cause de mon jeu de mots ridicule. Pendant que je suivais les pas très rapides de Michaela, j'essayais d'ignorer le fait que Tiff avait l'intention de lui présenter Lucas pendant notre séjour.

Il fallait que je parle avant que les choses progressent, mais avec tact. Michaela pouvait être entêtée quand elle avait décidé de camper sur ses positions. Et je ne voulais même pas envisager ce qui pouvait arriver si elle appréciait vraiment Lucas.

Elle en était à son troisième trajet, la voiture vide, quand je me tournai vers elle lorsqu'elle ferma le coffre de mon SUV.

— Alors, au sujet de ce que disait Tiff pendant le voyage. Pour ce que ça vaut, je ne crois pas que c'est une très bonne idée.

Mic se tourna vers moi, un pack de six bières dans chaque main, ses yeux bleu clair focalisés sur les miens. Je détournai le regard, soudain mal à l'aise.

— Qu'est-ce qui n'est pas une très bonne idée ?

Je grinçai des dents, frustré.

— Lucas.

Elle pencha la tête pour me regarder.

— Et, tu me donnes ton opinion parce que… ?

Je changeai de position, ce qui m'obligea à ajuster le fût que je portais sur l'épaule.

— Euh. Eh bien, premièrement, parce que tu viens à peine de sortir d'une relation.

Elle me fit un grand sourire.

— Eh bien, tu sais ce qu'ils disent, que la meilleure façon d'oublier quelqu'un est de passer *sous* quelqu'un d'autre.

Ma mâchoire tomba et je fus soudain assailli par des images non désirées de Lucas et elle. Cette idée me rendait furieux. J'avais dû vivre avec le fait qu'ils couchent ensemble quand elle était avec Sean. Cela m'avait énervé de façon quotidienne.

Il y avait eu de nombreuses fois où j'aurais pu l'inviter à sortir pendant nos années de jeunesse. Pendant très longtemps, je n'avais pas été capable de surmonter cette histoire de petite sœur du meilleur ami. J'avais donc gardé mes distances et ça avait été facile, parce que j'étais allé à l'université dans un autre État. Son frère, Doug, était revenu dans notre ville natale pour son nouveau travail alors que j'étais arrivé dans le comté d'Orange pour commencer chez Draco. Quand j'étais retourné en Californie, Michaela et Sean étaient déjà ensemble.

J'avais agi de façon honorable et j'étais resté juste un ami, même quand j'avais commencé à traîner avec Michaela et sa colocataire. Finalement, j'étais sorti avec Tiffani. Elle était mignonne, oui, alors ce n'était pas une épreuve. Mais d'une façon bizarre et tordue, voir Tiff me permettait aussi de garder un lien avec sa colocataire, même si elle était avec quelqu'un d'autre.

Quelques mois auparavant, après des disputes répétées et qui ne rimaient à rien, Tiffani et moi avions décidé de voir d'autres gens. À ce moment-là, j'avais aussi décidé que c'était trop douloureux de fréquenter Michaela et Sean. J'avais donc commencé à garder mes distances. Deux semaines s'étaient écoulées et apparemment, ils avaient enfin rompu... une nouvelle qui ne m'était parvenue que la veille.

Tiff et moi, ça n'avait jamais très bien marché. J'avais eu de l'espoir, quand elle m'avait contacté et m'avait demandé une deuxième chance, mais c'était avant que j'apprenne que Michaela était libre.

Alors, bien sûr, j'avais fait le choix idiot d'inviter Mic à notre week-end de réconciliation.

Mais là, alors que je contemplais les yeux bleus, si bleus de Mic, je ressentais quelque chose dans ma poitrine. Je voulais ma chance avec *elle*. Enfin.

Était-ce possible sans blesser Tiffani ?

Bon sang, j'étais tellement bête.

Mic pencha la tête et leva le menton vers moi.

— En quoi le fait que je puisse fréquenter Lucas quelques semaines après une rupture est-il pire que ton idée de… euh, de réconciliation avec Tiffani ?

Waouh, c'était comme si elle lisait dans mes pensées. J'inspirai profondément.

— Mic, voilà, commençai-je en toussant. Je voulais simplement dire que je ne crois pas qu'il est assez bien pour toi.

J'avais envie d'en dire bien plus. En fait, je ne pensais pas que n'importe quel type était assez bien pour elle. Et je détestais l'idée qu'elle couche avec quelqu'un comme Sean ou n'importe qui…

Autre que moi.

Mais j'avais promis à Tiffani de vraiment retenter le coup ensemble. Comment pouvais-je me tenir là et demander franchement à Michaela de m'attendre ? Est-ce que je pouvais vraiment faire ça à l'une ou l'autre ?

En plus de tout ça, je risquais de gâcher leur amitié.

Bon sang, quel con !

Michaela pinça les lèvres.

— D'accord. C'est gentil. Mais tu devrais sûrement me laisser découvrir ça par moi-même ? Peut-être – elle détourna les yeux et toussa – peut-être que c'est quelque chose que nous devons tous découvrir par nous-mêmes, tu sais ?

Elle croisa encore mon regard et ses yeux bleus magnifiques étaient si intenses que je déglutis.

— Oui… oui, peut-être.

Nous nous dévisageâmes un peu plus longtemps et quelque chose sembla crépiter entre nous. Du moins, de mon côté. Il m'avait fallu éviter de la regarder dans les yeux ces derniers temps exactement pour cette raison.

Je me rappelai soudain quand nous étions enfants, jouant dans le même quartier. Petit, son grand frère était mon ami. Michaela avait été la nuisance qui nous suivait quand sa mère insistait. Ou parfois, elle avait été la camarade de jeu intéressante, quand nous nous étions permis de l'admettre, à contrecœur.

Tiff passa la tête dehors pendant que nous étions là à nous dévisager.

— Qu'est-ce qui est si intéressant dehors ? demanda-t-elle avec un accent qui révélait ses origines de la côte est.

— Euh, rien, on se disputait juste pour passer par la porte.

Comme d'habitude, Michaela avait été réactive. Heureusement, car je n'avais vraiment pas envie de répondre à cette question par *Les yeux bleus magnifiques de ta colocataire et le fait que je me perds encore dedans*. Je poussai un soupir et je lui fis signe d'entrer.

Elle acquiesça, passa la porte, et je la suivis. Tiffani lui attrapa le bras dès qu'elle eut posé la bière sur le plan de travail.

— Michaela, viens là, il y a quelqu'un que je veux te présenter !

Tiffani parlait d'une voix assez forte pour que toute la maison l'entende. C'était un chalet spacieux avec de nombreuses chambres et un grand grenier aménagé au-dessus. La pièce principale ouvrait sur une grande salle de jeux avec une table de billard. Nathan – la moitié du couple agissant en tant qu'hôte et hôtesse de la fête – Lucas et Stephen, notre autre ami de travail, étaient tous autour de la table avec des queues dans la main.

La petite amie de Nathan, Donna, et le reste du groupe n'étaient pas encore arrivés. Michaela se raidit et suivit sa colocataire comme un chien que l'on traînait jusqu'au bain, essayant de retirer son bras de l'emprise de Tiffani.

En réalité, cela pouvait bien finir par être drôle. Je les suivis donc de près. J'aimais bien Lucas. Il était très responsable et avait une attitude pragmatique. Mais il n'aurait pas pu être plus éloigné de ce qui plairait à Michaela. Elle allait sans doute le rejeter gentiment s'il était intéressé. Et comme Michaela était magnifique – grande, avec des courbes, blonde, le visage d'un ange –, il allait être intéressé.

J'avais toujours cru qu'il avait des sentiments pour Katya, la rousse mignonne et extravertie qui travaillait dans les tests de jeux. Mais ces deux-là avaient beau se quereller tout le temps, ils ne semblaient jamais admettre qu'ils étaient fous l'un de l'autre.

Quoi qu'il en soit, je comptais sur le fait que Michaela s'entête contre Tiffani qui lui imposait un type. Tout ce qui me restait à faire, c'était d'attendre et espérer qu'elle n'humilie pas trop Lucas en le rejetant.

— Lucas Walker, voici ma colocataire Michaela Larsen. Michaela, Lucas travaille avec Jeremy.

— Plus ou moins, précisa Lucas. J'indique à Jeremy toutes les erreurs dans sa programmation et il adore ça.

Je levai les yeux au ciel, mais je ne pus m'empêcher de sourire. Oui, les développeurs et les testeurs de jeux avaient généralement des relations conflictuelles dans la plupart des studios de jeux vidéo… les studios qui n'étaient pas gérés aussi bien que Draco Multimédia, en tout cas.

Tout le monde rit avec nous et je me souvins que Lucas pouvait être très charmant quand il en avait envie. Michaela souriait aussi. *Oh oh.*

Michaela se pencha en avant avec un sourire en coin. Je reconnus immédiatement le signe qu'elle se sentait mal à l'aise.

— Salut, Lucas. Je crois que nous nous sommes rencontrés une fois, à ce pique-nique, l'été dernier ?

Lucas se tourna vers Michaela et son sourire s'élargit.

— Je m'en souviens, en effet.

Il contempla son pull et son jean et je me sentis immédiatement brûler d'irritation.

— Comment aurais-je pu t'oublier ?

Elle rit et me jeta un regard en coin. Je serrai les poings et j'essayai d'ignorer mon agacement. Aurait-elle pris la peine de jouer le jeu si j'avais évité de la prévenir contre Lucas ? Elle cherchait juste à être contrariante.

— Quelqu'un a apporté une luge ? J'ai envie d'en faire et Donna m'a dit qu'il y a une belle colline sur le terrain d'à côté, interrompis-je en essayant de détourner leur attention l'un de l'autre.

Malgré tout, ils semblaient se lorgner et Michaela affichait un sourire qui n'avait plus rien de gêné.

Nathan répondit qu'il avait apporté des chambres à air et une luge.

— Une seconde, intervint Tiffani en s'approchant de moi par-derrière et en passant son bras dans le mien. Tu as oublié que nous avons des cadeaux à emballer, et je me suis portée volontaire pour préparer des biscuits.

Je fronçai les sourcils.

— Je n'ai pas oublié ça.

— As-tu oublié que tu allais m'aider ? J'ai passé la moitié de la nuit à préparer la pâte à gâteaux. Il nous faudra juste les mettre au four pendant que nous emballons les cadeaux recyclés pour l'échange de cadeaux pourris.

Elle se tourna vers les autres.

— Personne n'espionne dans la cuisine. J'espère que vous avez tous apporté les vôtres.

Nathan poussa un grognement.

— Donna et ses jeux ringards… j'espère au moins que certains des cadeaux seront des gags rigolos.

— Sinon, quel genre de cadeaux pourris sont attendus ? demanda Michaela.

— L'échange sera beaucoup plus drôle quand nous aurons tous bu beaucoup de chocolat chaud, c'est garanti, précisa Lucas.

Michaela se plia de rire à cause du commentaire de Lucas. C'était clairement exagéré. Lucas l'avait remarqué et il sourit encore davantage.

Je serrai les poings. *Il était hors de question qu'il se passe quelque chose entre eux.*

— Alors, on commence ? demanda Tiffani en me tirant par le bras.

— Euh, quoi ?

Je fronçai les sourcils, ne prenant même pas la peine de cacher mon irritation. Elle écarquilla les yeux et me guida vers la cuisine.

— L'emballage des cadeaux et les biscuits.

Je montrai la fenêtre et mes amis qui en ce moment même, enfilaient leurs chaussures et leurs manteaux pour aller voir la colline dont j'avais parlé.

— Mais… mais et la luge ? Il y a de la neige. Partout !

— Pff. Vous autres, les Californiens et votre fascination pour la neige ! J'ai grandi avec ça partout tout l'hiver pendant des mois. Et vraiment, ce n'est rien d'intéressant.

Je levai les yeux au ciel quand elle ne me vit pas, mais je la laissai me traîner dans l'autre pièce. Quand je jetai un coup d'œil par-dessus mon épaule, j'aperçus Lucas et Michaela qui continuaient à bavarder pendant qu'il attrapait son manteau et une écharpe, avant de soulever le sac de Michaela et de le porter jusqu'à l'étage.

Merde. Pourquoi ça m'ennuyait autant ?

J'essayai de penser à autre chose tout en regardant Tiffani sortir le papier cadeau, le scotch et les rubans. J'étais censé faire ça pendant qu'elle déposait des boules de pâte à gâteau sur le papier cuisson qu'elle avait apporté… et que Michaela et moi avions transporté, avec tout le reste.

Je gémis intérieurement, regrettant le fait d'avoir accepté de passer du temps seul avec elle pendant ce week-end. J'avais cru que l'ambiance du groupe allait retirer une partie de la pression. Je ne voulais pas recommencer toutes les disputes que nous avions eues. Apparemment, elle était déterminée à trouver un moyen de nous réconcilier d'une façon ou d'une autre.

Nous avions prévu ce week-end pour célébrer nos congés durement gagnés en tant que collègues, en plus de nous mettre dans l'ambiance de la saison. Nous avions travaillé pendant des journées de douze à quinze heures en essayant de lancer la nouvelle extension de Dragon Epoch. Nous avions droit à un peu de détente, de plaisir de Noël, de la bonne nourriture et des boissons pour adultes.

Tiff déroula une longueur de papier cadeau sur la table et me donna des instructions. En tant qu'otage pendant les quarante-cinq minutes qui suivirent, je parvins à ne pas mourir d'ennui tout en supportant ses critiques concernant ma façon d'emballer les cadeaux entre deux fournées de biscuits.

Je me consolai en volant des cuillerées de pâte à gâteaux quand elle avait le dos tourné. Et en regardant les autres s'amuser dans la neige par la fenêtre, jusqu'à ce qu'elle me pousse à me dépêcher avec le cadeau suivant. Sur la colline derrière le chalet, Michaela et Lucas apprenaient à se connaître en gambadant dans la neige. J'avais le cœur serré en les observant. C'était moi qui voulais la bombarder de boules de neige et tirer la chambre à air jusqu'en haut pour qu'elle puisse glisser dessus, de préférence pendant que je la tenais sur mes genoux.

— Eh bien, on dirait que Michaela et Lucas s'entendent bien ! observa Tiffani en suivant mon regard.

Il y avait une certaine fierté dans sa voix, comme si elle s'accordait le mérite d'avoir joué le rôle de Cupidon.

Je poussai un grognement et je détournai les yeux alors que Michaela bombardait Lucas et les autres avec une volée de boules de neige avant de partir se cacher derrière un tronc d'arbre en criant. Elle glissa à mi-chemin et évita tout juste de tomber la tête la première dans la neige. Je ris.

— Tu es très silencieux, fit remarquer Tiffani.

— Je viens de finir d'emballer le dernier cadeau et j'aimerais vraiment être là-bas avec eux. C'est tellement long.

Tiff fronça les sourcils.

— Mais j'ai encore d'autres fournées de biscuits à faire. Tu ne veux pas m'aider ? Ils sentent tellement bon, hein ? Je te laisserai en manger un quand ils auront refroidi.

Je poussai un soupir en levant les yeux au ciel.

Elle fit son drôle de mouvement de la tête, rejetant les cheveux de son épaule comme elle le faisait toujours quand elle était irritée.

— Pourquoi essaies-tu de te défiler pour ne pas passer du temps avec moi ? N'était-ce pas l'intérêt de venir ici ? Tu as dit que tu allais nous donner une vraie chance.

Sa voix trembla de façon mélodramatique à la fin.

Tiffani était toujours très théâtrale.

— Je serais parfaitement heureux de passer du temps avec toi… là-bas.

Je pointai du doigt la fenêtre derrière laquelle Lucas et Michaela étaient maintenant allongés côte à côte dans la neige en faisant des anges tout en se souriant. C'était si abominablement adorable que ça me donna envie de vomir.

Ensuite, je voulais casser la figure à Lucas.

Mais il était plus solide que moi, alors ça risquait de ne pas bien se terminer.

Et en plus, ce serait bizarre, parce qu'en général j'appréciais Lucas. En tout cas, quand il ne draguait pas Michaela.

Tiffani fit une grimace en étalant plus de pâte sur le papier cuisson.

— Il fait froid et mes cheveux deviennent tout bizarres quand ils sont mouillés. On est bien dedans. Tiens, goûte la pâte pour te consoler.

Elle attrapa une cuillère propre et me donna une cuillerée. Je devais agir comme si je ne l'avais pas déjà goûtée, comme si je n'avais pas volé des morceaux chaque fois qu'elle tournait le dos.

J'écarquillai les yeux… sans doute de façon comique.

— Mmm. Miam !

Il y eut du vacarme à la porte d'entrée, c'était sûrement le dernier groupe de gens qui arrivaient pour le week-end. Pendant qu'elle était distraite, j'allais peut-être avoir l'occasion de sortir.

Je serrai les dents et je jouai le jeu pour ne pas la fâcher. Quand Tiffani était contrariée, ce n'était pas agréable d'être à proximité.

Le groupe nouvellement arrivé suivit bientôt l'odeur des biscuits jusqu'à la cuisine. Comme on pouvait s'y attendre, Donna ouvrait la marche.

— Oh mon Dieu, Tiffani ! Ça sent teeeellement bon.

Tiffani fit un grand sourire à Donna.

— Merci. Ils ont encore meilleur goût.

Donna était suivie de près par une autre femme… mon premier indice fut une masse de magnifiques cheveux roux. Le grand sourire amical fut mon deuxième. Katya, du département de test de jeux.

Eh bien, c'était un coup de théâtre intéressant, car j'avais été certain qu'elle plaisait à Lucas. Et sa présence pourrait bien faire rater un éventuel couple Lucas-Michaela.

Je n'avais jamais été aussi content de voir quelqu'un arriver.

— Ces biscuits sentent terriblement bon. Salut, Tiffani.

— Katya !

Tiffani écarquilla les yeux.

— Je ne savais pas que tu allais venir. Bienvenue.

La jolie rousse sourit.

— Donna a dit que vous aviez un lit vide et je, euh, je ne rentre pas chez moi pour Noël, alors elle a eu pitié de moi.

Kat se pencha en avant et tendit le bras pour me faire un check que je lui rendis avec plaisir. Je pouvais peut-être la convaincre d'aider Tiffani avec le reste des biscuits, histoire de me défiler.

— Tu ne rentres pas au Canada pour Noël ? demanda Tiffani. Comme c'est triste.

Donna la regarda en souriant.

— Ne sois pas trop triste pour elle, elle part au mariage de la décennie le week-end prochain, alors…

Tout le monde rit ou fit des commentaires parce qu'elle avait obtenu un des rares tickets d'or pour la fête dans les Caraïbes. Il me semblait me souvenir qu'elle était une bonne amie de Mia, la future mariée, alors ça me paraissait logique.

Tiffani leva les sourcils et me jeta presque un regard accusateur, comme si je l'empêchais d'avoir mon ticket d'or.

— Eh bien, on sait qui va travailler sur son bronzage pendant le Nouvel An.

Katya éclata de rire.

— Moi ? Non, cette peau canadienne brûle comme du bacon au soleil. Je serai celle qui se trouve sous un parasol avec trop de vêtements.

Elle parcourut la cuisine du regard.

— Alors, je peux t'aider à cuire le reste des gâteaux ?

— Tu ne veux pas aller dehors ? dit Tiffani. Ils sont tous en train de jouer dans la neige.

— Plus maintenant, annonça quelqu'un qui entrait dans la pièce derrière Kat.

Il avait retiré sa veste et ses bottes et il était en chaussettes et jean mouillé.

C'était Lucas. Son visage se transforma lorsqu'il vit Katya. Il devint indéchiffrable, sa posture se raidit et il passa une main dans ses cheveux.

— Jedi Boy ! Personne ne m'a dit que tu allais te rabaisser à traîner dehors et à *t'amuser*, dit Katya en faisant semblant de lui donner un coup de poing dans l'épaule.

Il plissa les yeux.

— Et que fais-tu dans la neige, Cranberry ? Les Canadiens vivent dans des igloos toute l'année, non ?

Elle ricana.

— Waouh, essaie de cacher ton enthousiasme de me voir ici.

Nathan entra après avoir retiré ses vêtements de neige. Les jeux à l'extérieur devaient être officiellement terminés maintenant. Juste au moment où Katya était arrivée pour me délivrer de mes devoirs à la cuisine. C'était vraiment nul.

Nathan trancha l'air entre Katya et Lucas.

— Vous deux, vous devez faire une trêve pendant que vous êtes ici. Je n'ai aucun désir de refaire l'arbitre entre vous.

Katya leva les mains.

— Hé, je suis une gentille fille. Il n'y aura pas de problèmes de ma part. J'ai même apporté un sapin de Noël ! Nous avons aperçu une vente de sapins en venant et j'ai fait arrêter Donna pour que nous puissions en ramener un. Vous pourriez aller le prendre sur le toit de la voiture et le ramener dedans ?

Lucas lui fit une grimace.

— Tu as acheté un arbre entier ? Tu ne t'es pas dit que nous n'avons pas de décorations ?

Elle haussa les épaules.

— J'adore l'odeur des pins dans la maison. Comme tout le monde. Ne fais pas ton Grinch. Va le chercher.

— Je parie qu'il y a des ornements ou d'autres décorations au grenier ou au sous-sol, intervint Tiffani. Jeremy, pourquoi n'irais-tu pas vérifier ?

— Je ne pense pas qu'il y ait un sous-sol. Les maisons ici n'en ont pas, répondis-je.

Elle écarquilla les yeux, irritée.

— Au grenier, alors. Ou dans un placard.

Katya passa devant moi et commença à rassembler les cuillères sales et les plats pour les placer dans l'évier, puis elle attrapa une spatule.

— Où me veux-tu, Tiffani ?

— Je ne suis plus obligé de cuisiner, alors ?

Tiffani me chassa d'un geste de la main.

— Va chercher les décorations.

Elle fit alors un énorme sourire à Katya lorsqu'elles commencèrent à bavarder au sujet de recettes, de temps de cuisson et d'accessoires de cuisine.

Bon, je n'étais pas sorti de l'auberge, apparemment. Avec un soupir, je montai à l'étage en grommelant. J'essayai aussi de ne pas remarquer comment Michaela suivit Lucas par la porte d'entrée pour aller aider à rapporter le sapin de Noël à l'intérieur.

Vie de merde. Et tant pis pour la luge. Ou le fait de passer un moment agréable avec Mic.

CHAPITRE TROIS
MICHAELA

JE FAISAIS DES EFFORTS. FRANCHEMENT, JE FAISAIS DE MON mieux pour parler à un autre type et ne pas penser autant à Jeremy. Il fallait que je passe à autre chose, que j'oublie ce sentiment… quel qu'il soit. J'avais l'impression de ne pas pouvoir y faire confiance. Comme si c'était juste un béguin né de ma déception amoureuse précédente.

J'avais toujours eu des sentiments enfouis pour Jeremy, mais j'avais supposé qu'ils resteraient enfouis. *Soupir.*

Même si Sean et moi avions rompu d'un commun accord, j'étais sans doute encore affectée par cette séparation. Et je savais que je ne pouvais pas faire confiance à mes sentiments. C'était trop tôt… certainement pas le moment d'être impliquée avec quelqu'un d'autre. Même si ce quelqu'un était Jeremy.

Particulièrement si ce quelqu'un était Jeremy, l'ami le plus proche de mon frère, un ami pour toute ma famille. Et l'ex de ma meilleure amie ou potentiellement bientôt-plus-ex ? Si nous étions un jour ensemble et que ça ne se passait pas bien entre nous, tout pouvait vraiment devenir merdique.

Ce qui pouvait vraiment m'aider, c'était une histoire sans lendemain. Et Lucas était bien plus canon que dans mes souvenirs. Même sous ce pull épais, je voyais que ses bras étaient musclés, il était grand avec des cheveux bruns et des yeux rêveurs presque de la même couleur.

Et même si j'avais versé une rasade de whisky Fireball dans ma tasse de cidre chaud, ce n'était pas l'alcool qui le rendait beau. Il était parfait pour une passade.

— Alors, comment connais-tu Jeremy et Tiffani ? demanda Lucas dans notre petit coin du salon.

Il porta sa propre tasse à ses lèvres et but une gorgée avec prudence tout en jetant un coup d'œil en direction de la cuisine.

Je suivis son regard vers l'endroit où Tiffani et Katya finissaient les biscuits.

— J'ai grandi avec Jeremy. Mon frère et lui étaient bons amis au lycée. Nous avons fini par partir dans des universités différentes, mais il est venu dans le comté d'Orange après ses études pour travailler chez Draco. Je suis à la fac de UCI, et à l'époque j'étais nouvelle dans la région, alors nous avons commencé à souvent traîner ensemble.

Il me jeta un nouveau regard.

— Mais vous n'êtes pas sortis ensemble ?

J'agitai fébrilement la main… trop fébrilement.

— Ah, non, non. J'étais avec quelqu'un d'autre, mais c'est fini, maintenant. Et Jeremy était avec ma colocataire… oh, c'est comme ça que je connais Tiffani. Je n'ai pas répondu à cette partie de la question. Ça fait un moment que Tiffani et moi sommes colocataires.

Il y eut une pause gênante pendant que nous nous dévisagions en buvant. Je m'éclaircis la gorge.

— Et Katya et toi ? Vous semblez… en conflit.

Il haussa les épaules et détourna les yeux.

— Nous travaillons ensemble. Le test des jeux est un travail stressant.

— Eh bien, tous tes collègues semblent très sympas. Je connais Jeremy, mais je parle des autres… Nathan, Donna, Katya.

Il y eut une lueur dans ses yeux quand je prononçai ce dernier prénom, mais elle disparut très vite, alors je n'y réagis pas.

— Oui, Jeremy et moi parvenons à rester cordiaux, même si nous subissons la grande compétition.

Je levai les sourcils.

— La grande compétition ?

Il but une autre gorgée et hocha la tête. Il jeta un coup d'œil de l'autre côté de la pièce, derrière moi, vers l'endroit où Jeremy était assis.

— Oui, nous voulons le même travail, une belle promotion.

J'écarquillai les yeux.

— Mais vous êtes tous les deux dans des départements complètement différents et vous faites un travail qui n'a rien à voir.

— Nous voulons tous les deux diriger le nouveau département de réalité virtuelle qui va arriver. Draco a acheté une autre entreprise l'année dernière qui est maintenant ramenée au sein de l'entreprise mère. Nous sommes plusieurs à essayer de l'obtenir.

— Oh, waouh.

Il fronça les sourcils.

— J'ai du mal à croire que Jeremy ne t'en ait pas parlé. Il y avait des milliers de candidats de l'intérieur et de l'extérieur de l'entreprise. Nous en sommes aux six derniers, maintenant.

Je secouai la tête, incrédule.

— On dirait un jeu télévisé.

Il éclata de rire.

— Avec un sacré prix à la clé.

Je souris.

— Eh bien, je te souhaiterais bien bon courage, mais je suppose que je dois plutôt soutenir Jeremy.

Il ne fit aucun commentaire là-dessus et la conversation se tourna bientôt vers le cinéma.

Nous nous liâmes d'amitié par l'intermédiaire de notre amour des blockbusters de superhéros. Nous étions en train d'argumenter pour savoir qui gagnerait le combat entre Wonder Woman ou Captain Marvel. C'était une conversation intense et nous étions penchés l'un vers l'autre. Notre discussion fut interrompue par une assiette de biscuits fraîchement sortis du four déposée très visiblement entre nous.

Je levai les yeux dans le but de remercier Tiffani pour cette attention, mais je vis de longs cheveux roux à la place. Katya agitait les biscuits devant Lucas.

— Mange. Les biscuits, c'est la nourriture des petits Jedi.

À la place, Lucas repoussa fermement l'assiette dans ma direction.

— Je n'ai pas confiance. Tu as peut-être mis quelque chose d'empoisonné dans ce biscuit juste pour moi. Ou alors, tu y as rajouté un laxatif.

La jolie rousse fit un sourire diabolique.

— Ce sont des idées admirables, c'est certain. Malheureusement, c'est la recette de Tiffani et c'est elle qui a fait la pâte… alors tant pis pour toi. Ils sont délicieux.

Je pris un biscuit et je l'observai pendant qu'elle jetait un regard indéchiffrable à Lucas, puis moi, puis inversement avant de passer au groupe suivant sans faire de commentaire.

Je mordis dans le biscuit et me brûlai presque la langue. Mais bon sang, ça en valait la peine quand la pâtisserie chaude et moelleuse fondit dans ma bouche. C'était la recette de la grand-mère de Tiffani et elle était à mourir. J'agitai le biscuit vers Lucas.

— Tu rates quelque chose.

Il leva une main.

— Ma tranquillité d'esprit compense cette perte, crois-moi.

Je jetai un coup d'œil vers Katya avant de le regarder à nouveau.

— Pourquoi t'appelle-t-elle tout le temps Jedi Boy ?

Il leva les yeux au ciel.

— Je m'appelle Lucas Walker, et elle est sans doute la seule personne sur terre qui pense que cette coïncidence est drôle. D'autant plus que je déteste *Star Wars*. Pour ce que ça vaut, mon deuxième prénom n'est *pas* Kai, même si elle a fait ce qu'elle a pu pour répandre cette rumeur.

Je fourrai le reste du biscuit dans ma bouche et je mâchai de bon cœur, essentiellement pour ne pas éclater de rire. Ou pour ne pas lui dire que Katya n'était absolument pas la seule personne au monde à trouver ça drôle.

Des heures plus tard, après un délicieux dîner de spaghettis avec du pain à l'ail fraîchement préparé, Nathan et Donna annoncèrent le planning de la soirée. J'avais l'impression que ça allait être une explosion épuisante de divertissements de Noël. Une compétition de construction de bonshommes de neige, des chants de Noël en karaoké, des jeux, puis un film de Noël pendant la nuit.

Waouh, pouvait-on juste passer directement au film, s'il vous plaît ? J'avais mangé beaucoup trop de spaghettis pour essayer de noyer mes sentiments confus en même temps que ma nourriture. De plus, il faisait super froid dehors.

Donna et Tiffani, nos juges, choisirent de rester à l'intérieur et de décorer jusqu'à ce que nous ayons conçu nos créations neigeuses. Ensuite, nous fûmes séparés en équipes de deux pour construire nos bonshommes de neige. Je me couvris bien… convaincue que j'allais encore finir trempée comme cet après-midi.

Il faisait toujours horriblement froid dehors.

Nos équipes s'alignèrent à environ deux mètres les unes des autres. Le vent se leva et tout le monde frissonna. Nathan annonça :

— Plus vite vous admettrez votre défaite, plus vite nous pourrons rentrer.

Quelqu'un lui lança une boule de neige dans l'épaule et lui dit d'arrêter de faire le malin.

— Allez ! Il fait plus froid que des couilles de pingouin ici ! cria Katya en frottant furieusement ses mains gantées.

Elle était en équipe avec Nathan. Lucas et le type dont j'oubliais tout le temps le prénom formaient l'avant-dernière équipe.

— Ce n'est pas comme une journée d'été tropicale au Canada, Cranberry ? Ton igloo fondrait par un temps pareil.

Elle lui fit un doigt. C'était assez comique, parce qu'elle portait un énorme bonnet noir avec une grande feuille d'érable rouge sur le côté et un gigantesque pompon sur le dessus.

— Tu as mis ta *tuque*, hein ? cria Nathan.

— Tu ne peux pas lui faire un doigt, ce n'est pas poli ! s'exclama je-ne-sais-qui.

Katya ne se laissa pas faire.

— Je menacerais bien de t'envoyer à l'hôpital, Lucas, mais nous sommes aux États-Unis et ça voudrait dire la faillite et la ruine. Je vais simplement te battre dans cette compétition comme je te bats pour tout le reste, crétin de Yankee.

Il y eut des cris de « Oooh, cassé ! » et « La guerre est déclarée ! »

Heureusement pour nous, Jeremy, mon partenaire, avait imaginé un plan unique qu'il avait seulement partagé avec moi juste avant que nous sortions du chalet. Sous sa veste, il avait enveloppé une ventouse pour toilettes dans une vieille serviette.

Dès que nous avions commencé à construire nos bonshommes de neige, il l'avait sortie et déposée sur la neige où les autres ne pouvaient pas la voir.

Au début, je n'avais pas compris.

— Frosty le bonhomme de neige a un balai, pas une ventouse, lui avais-je chuchoté.

Il avait agité les sourcils, tout mignon et content de lui.

— On ne va pas construire Frosty. Je vais faire un Dalek de neige. *Ceci* – il leva le déboucheur de w.c. – sera la sonde.

Avec cette idée amusante et motivante – et aussi, parce que Jeremy était mon partenaire –, j'étais soudain enthousiaste.

— Super idée !

J'avais attrapé quelques grosses piles et une torche en plastique pour remplacer le canon laser et les deux lumières sur le dessus. La ventouse serait le bras manipulateur. Comme nous étions tous les deux des fans avides de *Doctor Who* –, ou des « Whovians » –, c'était parfait.

Nos juges nous regardèrent en frissonnant depuis le balcon de l'étage. Dès qu'elles eurent annoncé le début du chronomètre, elles se précipitèrent à l'intérieur pendant que nous nous mettions au travail.

— *Allons-y* ! s'écria Jeremy.

— Exterminer ! Exterrrrrrrrminer ! grondai-je.

Il nous fallut bien trop longtemps pour découvrir comment la vieille neige allait coller pour créer la base de notre Dalek. Quand on la roulait en boule, elle fondait immédiatement.

Nous étions encouragés en voyant les autres : une des équipes construisait un bonhomme de neige traditionnel –, quel ennui ! –, et une autre un igloo. C'était l'équipe de Lucas, qui le faisait sans doute pour énerver encore Katya. Pendant que nous construisions notre œuvre d'art, nous en fîmes des tonnes en criant des expressions de nos Docteurs préférés. « Fantastique ! » Et « Géronimo ! »

Notre Dalek était génial et les autres gémirent en comprenant ce que nous faisions, se plaignant de ne pas y avoir pensé les premiers. Ensuite, Katya suggéra qu'ils fassent un TARDIS, mais nous les avions traités de copieurs, alors ils avaient changé d'avis.

À la fin, tout cela ne servit à rien. Donna et Tiffani ne reconnurent pas notre génie. Le bonhomme de neige traditionnel était tombé en miettes avant que les juges puissent sortir le regarder, et ce fut donc l'igloo qui gagna par défaut.

Pendant que les autres se précipitaient au chaud, Jeremy et moi restâmes en arrière afin de rassembler les objets pris dans la maison pour le Dalek, des fois que quelqu'un en ait besoin.

Je parvins à jeter quelques boules de neige de bonne qualité en direction de Jeremy. Ensuite, il me pourchassa tout autour du terrain de la compétition et nous démolîmes l'igloo gagnant en passant. Oups.

Il me fit tomber sur le sol et j'étais trempée et je tremblais de froid, mais je m'amusais comme une folle.

— Dis *pouce*, Mic.

C'était comme les combats de chatouilles quand nous étions petits.

Je criai en donnant des coups de pied dans la neige et en secouant furieusement la tête.

— Va te faire ! Je ne me rendrai jamais !

Il ramassa alors une poignée de neige et me couvrit le visage jusqu'à ce que je ne sente plus rien.

— Pouce ! Et les nœuds pap', c'est cool ! criai-je.

Il éclata de rire et son souffle sortit de sa bouche sous la forme d'un gros nuage blanc.

Notre match de lutte s'arrêta aussi vite qu'il avait commencé et le temps ralentit soudain. Nous étions dehors, seuls, et il était allongé sur moi, ses mains serrant fermement mes poignets.

— Je ne sens plus mon visage, soufflai-je.

Il se pencha en avant et appuya sa joue contre la mienne.

— C'est mieux ?

Malgré l'engourdissement, je perçus le côté rugueux de sa barbe naissante, la chaleur de sa joue qui faisait disparaître le froid.

Mon pouls accéléra comme un poulain nerveux. Je déglutis et il s'écarta, son regard plongé dans le mien.

Je contemplai ses yeux vert foncé et ma poitrine se serra, m'empêchant encore plus de respirer.

Oh Jeremy... Avec ses cheveux sombres, sa carrure mince et sa grande taille, il était – et avait toujours été – canon... le type canon que je ne pouvais pas avoir pour de nombreuses raisons.

Est-ce que j'y pensai quand son visage descendit rapidement vers le mien, sa bouche ouverte et prête à m'embrasser ?

Non. J'étais incapable de penser à autre chose que mon désir. Comme ce serait incroyable de l'embrasser enfin, alors que ce qui s'en rapprochait le plus jusqu'alors, c'était quand je m'entraînais à l'embrasser avec mon oreiller en cinquième.

Je mourrais immédiatement de honte si quelqu'un découvrait ça un jour. Mais maintenant, j'allais apparemment goûter au vrai baiser.

Chapitre Quatre
Jeremy

JE NE POUVAIS PAS NE *PAS* L'EMBRASSER. ALORS QU'ELLE ETAIT allongée dans la neige avec ses cheveux blonds étalés sur le blanc, ses joues rougies par le froid. Elle était plus que magnifique.

Mon adorable geek, ma délicieuse Michaela.

Celle dont j'avais envie de goûter les lèvres depuis la troisième. La façon dont elle me regardait à l'instant. Ses yeux bleu clair fixés sur ma bouche comme si elle était aussi impatiente que moi…

Je me penchai pour capturer ses lèvres avec les miennes, pour goûter enfin ce que j'avais voulu sentir depuis si longtemps. C'était plus que de la simple curiosité. Bien que nous ne nous étions jamais embrassés – de près ou de loin – dans le passé, à ce moment précis, cela me sembla la chose la plus naturelle au monde.

Je vis ma respiration sortir entre mes lèvres et juste au moment où ma bouche atterrit, elle tourna la tête. *Et…*

J'embrassai le bord dur de sa mâchoire au lieu de goûter ses lèvres magnifiques.

Waouh, j'étais dégoûté.

Je m'écartai immédiatement et la laissai se rasseoir.

— Je suis désolé. J'ai cru que tu avais envie…

Elle secoua la neige de ses cheveux et renifla dans l'air froid.

— Oh, j'en avais *envie*, oui.

Elle s'éclaircit la gorge et secoua vivement la tête.

— Mais on ne devrait pas.

— Comment…

— Hé, vous deux ! cria une voix depuis le balcon.

Je levai la tête. C'était Tiffani. Ma mâchoire tomba. Si elle était sortie juste une demie minute plus tôt…

J'étais pris de remords. Michaela se leva d'un bond.

— On est là, tout va bien !

— On vous attend. Il y a du chocolat chaud et des gâteaux et puis un jeu. Venez vous réchauffer. En plus, on a décoré. Attendez de voir ça !

Michaela et moi évitâmes de croiser nos regards en retournant à l'intérieur. Je tendis la main vers la poignée, puis je m'écartai pour la laisser passer la première et…

Waouh. La chaîne hi-fi faisait retentir la voix de Bing Crosby chantant *White Christmas* et c'était effectivement Noël dans notre chalet. Il y avait des guirlandes de lumières colorées qui clignotaient partout. L'arbre que Katya avait acheté était entièrement couvert de guirlandes de Noël et de boules en verre coloré que j'avais découvertes au grenier. Il y avait aussi une étoile dorée tout en haut et les sucres d'orge que Tiffani avait apportés ornaient presque chaque branche. De plus, j'avais trouvé des tonnes de lumières de Noël et elles étaient *partout*.

Des lampes colorées scintillaient autour de l'arbre. Des lumières en forme de glaçons naturels pendaient de la mezzanine sous les combles, et la rambarde en bois des escaliers avait été enveloppée dans des guirlandes brillantes avec des lampes rouges et vertes. Du plafond pendaient des dizaines et des dizaines de flocons de neige coupés à la main dans du papier blanc. Même en éteignant les plafonniers, toute la pièce était illuminée de couleurs joyeuses… jusqu'aux « bougies » à piles que Donna avait trouvées dans un tiroir en cas de coupure d'électricité.

— Combien de temps sommes-nous restés dehors ? s'étonna Michaela en dévisageant Donna et Tiffani, la bouche ouverte. C'est incroyable.

— Nous autres, les lutins de Noël, nous travaillons vite, s'exclama Tiffani en riant. Joyeux Noël ! Maintenant, rentrez et réchauffez-vous.

Nous bûmes notre chocolat chaud… avec plus de rhum à la noix de coco que de chocolat. C'était *fort*. Tiffani m'avait donné le mien en déposant un baiser sur ma joue. Ensuite, elle avait mentionné qu'elle avait ajouté une dose supplémentaire d'alcool pour mieux nous réchauffer.

Michaela jeta un coup d'œil vers moi, cligna des paupières, puis sourit faiblement à Tiffani en vidant sa tasse plus vite que je lui aurais conseillée. Je n'avais jamais vu une seule fois Michaela bien tenir l'alcool. Elle était toujours immédiatement ivre. Mais j'aurais cassé la gueule à n'importe quel homme qui aurait vu ça en se disant « une fille facile ».

— Bon, est-ce qu'on parle du jeu pendant que ces deux-là décongèlent ? lança Donna en frappant dans ses mains avec enthousiasme.

— Je ne crois pas qu'une seule personne ici pourrait t'empêcher d'en parler, plaisanta Nathan, son copain depuis longtemps.

— Eh bien ! Nous allons jouer à notre version spéciale et festive des sardines.

— Des *quoi* ? demanda Michaela en se levant, pas très stable sur ses jambes.

Elle avait vite avalé cette tasse et elle la tendait maintenant à Tiffani pour en avoir plus.

— Qu'est-ce que c'est ?

Donna sourit.

— Eh bien, on va l'appeler Mon Beau Sapin, mais le jeu des sardines est une sorte de cache-cache inversé. Une personne se cache pendant que les autres attendent à l'extérieur. Ensuite, tout le monde fouille la maison à la recherche du Sapin – la personne qui se cache – et quand quelqu'un le trouve, il se cache avec.

— Oh ! s'exclama Michaela en levant sa tasse à nouveau remplie. C'est comme cache-cache à l'envers.

Donna écarquilla les yeux et tout le monde se moqua de Michaela. Tiffani sourit et la tapota dans le dos en expliquant :

— Elle a… un peu bu.

— Alors, elle devrait être le sapin, annonça Donna. Qu'est-ce que vous en dites ? Est-ce que ça doit être Michaela ?

Pendant que tout le monde l'acclamait, Michaela continuait à boire dans sa tasse tout en secouant furieusement la tête.

— Non, non. Mauvaise idée. Hors de question.

— C'est toi, Michaela. Accepte-le.

Elle parut perdue et fronça les sourcils.

— Argh, d'accord, tant que je ne suis pas obligée de courir partout et d'agir comme une idiote, parce que je commence sérieusement à avoir la nausée. Qu'est-ce que je dois faire, déjà ?

— Va chercher une cachette. On viendra te trouver.

Mon regard descendit le long de la silhouette de Michaela qui portait maintenant moins d'habits que quand nous étions dehors. Son jean était toujours humide à cause de la neige, mais il moulait ses hanches voluptueuses comme un gant. Son pull, comme toujours, était serré autour de sa poitrine et accentuait la courbe à couper le souffle de ses seins. Elle avait enfoncé ses pieds froids dans de grosses bottes Ugg et elle semblait bien au chaud, même si elle aurait été mieux dans mes bras.

Avec un baiser.

Et bon sang, depuis qu'elle m'avait avoué qu'elle avait vraiment eu envie de ce baiser elle aussi, je n'arrivais pas à penser à autre chose. J'en avais envie. *Elle* en avait envie. Et il nous suffisait d'un endroit agréable et intime pour explorer cette possibilité.

Je déglutis quand la chaleur de mon excitation menaça presque de me brûler de l'intérieur. Elle se détourna pendant que nous sortions les uns après les autres pour aller frissonner sur le seuil de la porte afin de lui donner le temps de se cacher. Comme je fus le dernier à passer la porte, je pus la voir monter lentement à l'étage dans la pénombre. J'avais une assez bonne idée de l'endroit où elle pouvait se cacher en haut. Il n'y avait que quelques possibilités et c'étaient tous des placards. Je connaissais bien l'endroit, parce que j'avais dû aller chercher les décorations plus tôt.

Je me donnai pour mission de la trouver le premier.

Parce que nous avions quelque chose à terminer.

CHAPITRE CINQ
MICHAELA

COMME LA PLUPART DES LUMIERES EN DEHORS DE CELLES du sapin de Noël étaient éteintes, je dus tâtonner pour monter les marches en entendant Donna compter d'une voix forte de l'autre côté de la porte.

Je me souvenais de l'étrange petit placard caché dans un coin entre les marches du grenier et la salle de bains. Il n'était pas immédiatement visible et il ressemblait à un placard pour un chauffe-eau. Je l'avais ouvert plus tôt, espérant qu'il s'agisse d'une armoire à linge, mais il n'y avait rien d'autre que quelques équipements divers pour le chalet, des pelles à neige et ce genre de choses. Il était presque entièrement vide et c'était l'endroit parfait pour me cacher — avec éventuellement quelques autres.

Je me faufilai en haut des escaliers en essayant de ne pas faire de bruit, craignant que l'on puisse m'entendre depuis l'extérieur. J'avançais peut-être un peu trop lentement, car quand j'entendis les nombres de Donna approcher de la centaine – le nombre sur lequel nous nous étions mis d'accord – je paniquai.

Ils allaient entrer dans la maison dans quelques secondes pour venir me trouver. Je filai dans le placard et je le refermai aussi lentement et silencieusement qu'humainement possible tout en essayant de repousser la panique qu'il était trop tard et qu'ils m'avaient déjà entendu. Cela suffit à me nouer l'estomac déjà barbouillé.

La porte d'entrée claqua et j'entendis les gens entrer au rez-de-chaussée, les placards s'ouvrir et se refermer dans la cuisine. Avant même qu'une minute se soit écoulée, j'entendis cliqueter la poignée de ma cachette. La porte s'ouvrit doucement et sans un mot, une grande silhouette se glissa à l'intérieur. Comment savait-il que j'étais là ? Il n'avait même pas attendu un instant pour regarder ou poser la question rituelle : « *Es-tu mon beau sapin ?* »

Je sentis alors des mains s'enrouler autour de mes hanches et une tête se baissa pour sentir mes cheveux… et je n'eus même pas besoin de poser la question. Je savais qui c'était. Mon cœur battait à toute vitesse de le savoir si proche… cette odeur propre de savon et de sueur, de neige, de chocolat chaud alcoolisé dans son haleine.

Je savais, je *savais* que c'était Jeremy. Mais Jeremy n'était pas sans complications… Tiffani, premièrement. Son amitié avec mon frère, deuxièmement. J'avais combattu mes propres sentiments. Après tout, je m'étais promis de rester en retrait et de ne pas du tout m'impliquer quand Tiffani avait annoncé qu'ils allaient essayer de se remettre ensemble.

Mais c'était *mon* Jeremy de bien des façons. Il avait été à moi longtemps avant d'être à Tiffani, s'il l'était encore. Alors, quand sa bouche atterrit sur la mienne pour un baiser fougueux, je ne résistai pas. Je m'ouvris à son goût, à sa chaleur, et je fondis comme de la neige contre lui. Ses lèvres glissèrent sur les miennes, me goûtant, puis ouvrant ma bouche afin que sa langue puisse y entrer. Toutes les cellules de mon corps étaient parcourues de chaleur et d'excitation.

Un étrange biopic de mon enfance se déroula dans ma tête : la fois où j'avais foncé à vélo contre la barrière qui fermait notre impasse et mes genoux en sang. Jeremy m'avait raccompagnée jusqu'à la maison, m'avait consolée, avait essuyé mes larmes poussiéreuses avec ses mains. Je n'avais pas vu mon vélo pendant des jours jusqu'à ce qu'il me le présente fièrement, comme neuf. Sa mère m'avait dit des mois plus tard qu'il avait dépensé son argent de poche pour acheter les pièces nécessaires à sa réparation.

Les mains de Jeremy entourèrent ma taille, m'attirant contre son torse ferme. Je collai les miennes contre son tee-shirt, ayant envie de passer dessous. Jeremy ne pouvait jamais vraiment être pour moi... si ? Je n'avais aucun droit de l'embrasser, mais comment faire autrement quand ça me semblait tellement naturel ?

Lorsqu'il recula légèrement, ma langue se glissa en lui, répondant à sa question avec enthousiasme. J'envahis sa bouche, je le goûtai, le désir brûlant dégoulinant dans mon dos comme une pluie tropicale. Mes mains glissèrent sur ses épaules, les siennes jusqu'en bas de mon tee-shirt, un pouce se faufilant dessous en hésitant, frôlant ma peau.

Je retins mon souffle contre sa bouche. Son nom était sur mes lèvres, mais je n'allais pas le dire... je ne le pouvais pas. Car si je le faisais, tout devenait réel au lieu d'une rencontre fantomatique dans l'obscurité qui n'aurait jamais dû avoir lieu. Mes doigts s'enfoncèrent dans ses épaules et j'étais ivre, pas seulement à cause du chocolat chaud au rhum coco. Son goût, son odeur, sa peau. Sa bouche quitta la mienne et traça un sentier lent et brûlant sur le bord de ma mâchoire, ma gorge. Chaque endroit où il atterrissait crépitait comme de l'électricité.

Je frissonnai incontrôlablement, me maîtrisant encore moins que quand nous nous battions dans la neige après le concours de bonshommes de neige raté. Bon sang, que je le désirais ! *Jeremy*. Le gamin qui avait vécu dans le même pâté de maisons que moi pendant dix ans. Celui qui avait pour habitude de m'ignorer au lycée, mais qui était extrêmement gentil pendant les vacances d'été. Le type qui essayait d'avoir une deuxième chance avec ma colocataire.

C'était tellement agréable.

Merde.

Pourquoi *maintenant*, précisément ?

Je sentais son souffle chaud sur mon visage, ses doigts dans mes cheveux. Chaque contact était comme une décharge électrique, déclenchant une réaction en chaîne qui finissait entre mes jambes. Il commençait à faire extrêmement chaud dans ce placard et ça m'était égal. Je voulais que Jeremy passe les mains sous mes vêtements et me touche.

Ma tête retomba en arrière et sa bouche était partout, glissant sur la peau sensible de mon cou. Mes doigts se refermèrent sur son tee-shirt, j'étais prête à le lui retirer et…

La poignée cliqueta à nouveau.

Nous nous figeâmes.

La porte s'entrouvrit et nous nous écartâmes brusquement comme si quelqu'un nous avait aspergés d'eau glacée. En frissonnant, je sentis la perte de sa chaleur, de sa bouche et de ses mains. C'était presque comme si mon corps était en hypothermie.

Une voix de femme chuchota :

— Es-tu la Sar –, je veux dire –, mon beau sapin ?

— Oui, répondis-je vite et elle se faufila à l'intérieur.

Je sentis immédiatement le shampooing de Tiffani et je me sentis affreusement coupable. Elle était à l'intérieur avec nous et je venais d'embrasser son ex-mais-pas-ex.

Merde !

Dans l'obscurité, ses doigts forts frôlèrent les miens. Il prit ma main dans la sienne et la serra. Était-ce un appel au silence ? Comme si j'allais dire quelque chose.

En fait, il valait mieux oublier que c'était arrivé. Je retirai vite ma main de la sienne et je toussai doucement dans l'obscurité. Tiffani me fit taire, mais j'espérais que nous allions vite être découverts. Plus vite d'autres gens nous rejoignaient, moins ce serait gênant et horrible. Et plus vite ce jeu idiot serait terminé.

Il commençait déjà à faire étouffant ici et argh... mon estomac ne voulait pas se calmer. Il gargouilla et se retourna jusqu'à ce que l'on ait l'audace de me dire *chut.*

Quelqu'un à l'extérieur avait dû l'entendre, car quelques secondes plus tard, la porte s'ouvrit et on entendit :

— Tu es, euh, la personne sapin ?

— Oui, répondit Tiffani.

Une autre silhouette nous rejoignit dans l'obscurité. Cette fois, d'après sa taille, je savais que c'était Lucas. Parce que vraiment, tout devait être encore plus gênant que ça ne l'était déjà ! Nous commencions à être serrés et au chaud tous les quatre là-dedans. Et j'aurais pu jurer que l'un d'entre eux respirait par la bouche. Bête comme un manche, une andouille, comme l'aurait dit Eleven de *Stranger Things.*

C'était sûrement Tiffani.

Cette pensée me fit rire. Vraiment rire. Des gloussements incontrôlables s'élevèrent de ma gorge et les autres eurent beau essayer de me faire taire, je ne pouvais pas m'arrêter. En fait, à cause de leurs tentatives désespérées, je ris plus fort. C'était le genre de rire qui faisait mal au ventre quand on essayait de s'arrêter. Qui faisait couler les larmes. C'était le genre de rire qu'il fallait laisser aller. Mais je ne le pouvais pas, alors plus j'essayais de le réprimer, plus la pression en moi augmentait comme une bouteille de soda quand on la secoue fort sans l'ouvrir. Une fois que l'on tourne le bouchon, le soda se répand *partout*.

Et ce fut la même chose avec moi, une version humaine de la bouteille de soda, sans aucun endroit pour relâcher cette pression interne. Entre le trajet sinueux jusqu'en haut de la montagne, les spaghettis du dîner, les bagarres dans le froid, le chocolat chaud alcoolisé et maintenant ce placard étouffant et la sensation de culpabilité qui me comprimait la poitrine, j'étais comme un volcan prêt à entrer en éruption.

Alors oui, c'est arrivé. J'ai vomi partout. *Partout.* Dans tout le placard. Sur moi. Sur les cheveux de Tiff. Aucune sardine de cette boîte ne s'en sortit indemne. Nous n'étions arrivés qu'à la quatrième sardine.

Et nous étions quatre sardines couvertes de vomi.

Nous sortîmes rapidement de là. Tiffani courut jusqu'à la salle de bains, couverte de vomi et l'air un peu verdâtre, elle aussi.

Il fallut environ une heure pour que les dégâts collatéraux de mon fou rire refoulé soient nettoyés. Comme je me sentais coupable et qu'il n'y avait que deux salles de bains, je proposai d'attendre et de me doucher la dernière.

Jusque-là, j'essayai d'éviter tout le monde par pure humiliation.

Pour la joie de Noël, on repassera. Tout ce que je voulais faire maintenant, c'était rentrer à la maison.

CHAPITRE SIX
JEREMY

NOUS ETIONS ASSIS EN CERCLE DANS LE SALON, CERTAINS d'entre nous serrés sur le canapé, un couple installé à deux dans un fauteuil et les autres par terre ou sur le bord de la cheminée. Le sapin de Noël dominait au centre de la pièce, vraiment beau avec ses lumières colorées qui clignotaient et sa guirlande scintillante.

Tiffani et Donna avaient fait du bon travail. Quand je jetai un coup d'œil à Tiffani, qui était ravie par la saison des fêtes, je constatai que nous n'avions pas beaucoup parlé ou interagi depuis que nous avions fini à la cuisine, cet après-midi.

Et pourtant, je savais qu'elle n'était pas fâchée. Tiffani avait une façon de le rendre douloureusement évident quand elle était fâchée… Elle le montrait au monde entier, en plus du destinataire solitaire de sa colère.

Non, elle était sur un petit nuage grâce à Noël, mais nous avions à peine eu des choses à nous dire. Et pour être honnête, ce n'était pas compliqué de deviner pour quelle raison elle m'avait recontacté peu de temps auparavant et demandé une nouvelle chance.

C'était difficile d'être seul pendant les fêtes, particulièrement après une relation qui avait échoué. Je le savais, parce que j'avais été plus rapide que je n'aurais dû l'être pour accepter de réessayer. C'était en partie à cause de la culpabilité après notre rupture, et en partie parce que j'étais désespéré de ne pas avoir réussi à communiquer avec Michaela.

Mais c'était avant que je découvre que Michaela était maintenant célibataire. Je parcourus encore du regard les personnes présentes dans la pièce, même si je savais qu'elle n'était pas là. Après avoir vomi sur nous pendant le jeu des sardines, elle s'était douchée la dernière, puis elle était allée s'enterrer sous les couvertures à l'étage. Quand l'activité suivante avait été annoncée, elle avait refusé de descendre, prétextant qu'elle se sentait encore malade.

Je détestais me dire qu'elle pouvait avoir mal réagi ou qu'elle culpabilisait à cause de notre baiser dans le placard. Et même si je ne voulais pas qu'elle soit malade du tout, ç'aurait été un soulagement de savoir qu'elle était véritablement souffrante, et pas malade d'inquiétude à cause de notre baiser secret.

Je n'aurais pas dû le faire, mais j'avais été incapable de m'en empêcher.

Et la façon dont elle avait réagi à moi quand je l'avais embrassée… le souvenir était presque aussi torride que le moment passé. Je luttai pour reprendre mon souffle et me souvenir de la dernière fois que j'avais fait l'expérience d'un baiser aussi incroyable que celui-là. Difficile de se rappeler quelque chose d'approchant.

Maintenant, nous en étions à l'échange de cadeaux ridicules. Tout le monde dut sélectionner un cadeau sous le sapin, ce que nous fîmes. Ensuite, l'un après l'autre, chacun décidait soit de déballer son cadeau, soit de l'échanger avec le cadeau emballé de quelqu'un d'autre. À la fin, trois participants pris au hasard allaient avoir la possibilité d'offrir un cadeau non désiré à quelqu'un d'autre et de forcer cette personne à lui offrir le sien.

C'était assez impitoyable et le but était d'en rire. Mais comme la majorité d'entre nous était des gamers, nous appliquions sans doute nos connaissances de la théorie du jeu et de la stratégie au processus. Après tout, chacun essayait de procéder dans son propre intérêt. Nous autres gamers appelions ça le *min-maxing* et nous étions carrément doués dans le domaine.

Les résultats étaient typiques. Une boîte de chocolats assortis, une tasse à café avec un bon cadeau de Starbucks, une écharpe tricotée à la main. Un radin avait manifestement vidé le placard à fournitures du travail pour remplir sa boîte avec des goodies de Draco, ce qui nous fit tous grogner et jeter du pop-corn au caramel à Stephen, le coupable présumé.

Tout le monde rit vraiment quand Katya, notre Canadienne que nous embêtions constamment, reçut un cactus en pot.

Il s'agissait en réalité de trois cactus : une plante longue en forme de concombre accompagnée par deux plantes grasses plus petites en forme de boule. Bien sûr, les blagues phalliques commencèrent immédiatement. Et Katya, égale à elle-même, fut la première à les faire.

Elle agita les sourcils en pointant le cactus vers la direction opposée de son entrejambe.

— On dirait une queue.

— Ça s'appelle un *cactus*, Kat. Tu n'en as pas de là où tu viens, intervint Lucas.

J'échangeai des regards avec les autres et il y eut des sourires entendus tout autour. Nous savions ce qui allait suivre.

Ces deux-là étaient sur le point de recommencer. Heureusement, il y avait du pop-corn pour apprécier le moment au maximum. Parfois, ils étaient plus divertissants qu'un film.

— Eh bien, ça ressemble à une tête de nœud qui pique et j'en ai vu beaucoup des comme ça, du genre qui marche sur deux pattes.

Elle lui jeta un regard appuyé.

Tiffani écarquilla les yeux, regardant autour d'elle, l'air perplexe.

— C'est censé être un cactus de compagnie. Vous savez, comme les cailloux de compagnie qui étaient à la mode à une époque ? Excepté que là, il est en vie et demande très peu de soins. Il suffit de ne pas le mettre dans un endroit froid et on peut même oublier de lui donner de l'eau la plupart du temps.

Il était évident d'après son ton légèrement sur la défensive que c'était le cadeau qu'elle avait apporté pour l'échange. Mais comme Lucas et Katya étaient sur le point de partir en guerre avec ça, tout le monde se fichait de savoir si c'était un bon cadeau.

Katya leva son nouveau cadeau.

— Un cactus de compagnie. Ça me plaît. Je vais l'appeler Kiki le Kictus.

Tout le monde éclata de rire pendant que Katya en faisait des tonnes. Lucas marmonna quelque chose que je n'entendis pas à cause des ricanements et Katya répondit en agitant le cactus vers lui.

— La taille a une importance, Jedi Boy. Ne sois pas jaloux de Kictus.

— Cranberry, ne fais pas quelque chose d'idiot en buvant trop et en confondant ton cactus domestique avec un gode. Je suppose qu'on le saura si on te voit marcher les jambes écartées au bureau.

Elle rougit et éclata de rire en se tapant la cuisse.

— Mais ça peut toujours servir de plug anal si *tu* as besoin de te détendre un peu après un délai trop serré.

Il y eut d'autres rires. Même Lucas sourit, et cela sembla faire rire Katya davantage. On pouvait toujours compter sur ces deux-là pour nous divertir avec une forme de tension sexuelle latente et évidente pour tous les autres. Le fait que ces deux-là auraient mieux fait de baiser un bon coup était une plaisanterie récurrente au bureau.

Quand les cadeaux restants furent ouverts, Katya fut fortuitement – ou peut-être pas si fortuitement, parce que nous aimions trop le divertissement – une des personnes ayant la permission d'échanger son cadeau pour autre chose.

Comme tout le monde aurait pu le prédire, elle choisit Lucas et sa barre chocolatée *Hershey's* géante.

— Je vais te débarrasser de ce chocolat américain merdique et te donner Kictus pour te réconforter pendant les longues nuits de solitude.

Elle déposa solennellement Kiki le Kictus sur les genoux de Lucas.

— Voilà, maintenant ce sont des jumeaux. Même si je pense que Kictus est beaucoup moins irritant.

Quand nos rires se furent estompés et que nous nous étions encore une fois félicités d'avoir vu un bon épisode de l'émission *Katya et Lucas*, Donna lança le dernier événement de la soirée. Une projection du film *Elfe*.

Nathan baissa les lumières. Tout le monde attrapa des oreillers et des couvertures et s'installa confortablement devant la télévision pendant que Donna préparait le film. Les citations fusaient déjà.

— Si tu te sens d'attaque, traite-moi d'elfe rien qu'une petite fois ! cria quelqu'un.

— Nous essayons de nous en tenir aux quatre principaux groupes d'aliments : les bonbons, les sucres d'orge, les grains de sucre et le sirop !

Pendant que tout le monde s'installait, je prétextai un besoin pressant, voyant cela comme une bonne occasion de m'éclipser et d'aller chercher quelque chose dans mon sac. Il était plus que temps que j'aille voir comment allait Michaela. Il était impensable qu'elle ait pu dormir à cause du bruit causé par l'échange des cadeaux, mais j'espérais que la nausée serait passée.

En sortant, je passai devant mon sac en toile et j'ouvris une poche sur le côté dont je sortis un petit cadeau, puis je montai à l'étage, comme pour utiliser les toilettes libres là-haut.

À la place, je trouvai Michaela en bas de son lit superposé dans le coin. Elle était allongée là en silence, les yeux ouverts et perdus dans le vague. Malgré tout, elle sursauta quand j'apparus et elle essaya de s'asseoir.

— Reste allongée. Inutile de bouger. Je ne voulais pas t'embêter.

Elle ignora ma requête et s'assit malgré tout en faisant attention à ne pas se cogner la tête au lit au-dessus d'elle.

— Tu ne m'embêtes pas.

— Bon, tant mieux…

J'essayai de m'asseoir à côté d'elle sur le matelas, mais le lit superposé au-dessus m'obligeait presque à rester plié en deux, alors je finis par glisser au sol et par m'installer en croisant les jambes.

Je lui tendis le cadeau et ses doigts délicats se refermèrent dessus avant même qu'elle ait détourné les yeux de moi pour le regarder.

— Qu'est-ce que c'est ? demanda-t-elle à voix basse.

Il n'était pas vraiment nécessaire de chuchoter. Le film était assez fort et on l'entendait même d'ici, ainsi que les rires.

— Juste un petit quelque chose. Ce n'est rien.

— Mais je n'ai pas…

Je secouai la tête.

— Non, ça va. Ce n'est vraiment pas grand-chose.

Michaela glissa un doigt sous les plis du papier d'emballage et décolla le scotch. Elle libéra lentement le cadre de son emballage et du papier de soie, puis elle le retourna pour contempler la photo.

Elle la fixa du regard, d'abord en fronçant les sourcils, puis en clignant des paupières. Ensuite, ses yeux s'embuèrent très clairement. Je me mordis la lèvre sans me rendre compte que j'avais retenu mon souffle. Récemment, ma mère avait partagé d'énormes fichiers de photos de famille datant de notre enfance. Elle venait de terminer le gros projet en numérisant tout et nous avions maintenant accès aux photos de quand nous étions petits.

Pour être honnête, j'avais attendu des mois pour ouvrir le fichier. Mais lorsque je l'avais fait, j'avais trouvé une image de notre enfance. Une photo prise sur le vif à une fête de quartier. Je me tenais à côté de Michaela, au bord de la rue, au crépuscule. Elle avait environ onze ans, ce qui signifiait que j'en avais à peu près treize. Et derrière nous, avec un grand sourire, une main sur chacune de nos épaules, se trouvait son père. Dès que je l'avais vue sur l'écran de mon ordinateur, j'avais su qu'il fallait que je la fasse imprimer professionnellement sur du papier de bonne qualité et que je l'encadre pour elle.

Elle serra les doigts autour du cadre. Je levai les yeux vers son visage, juste à temps pour voir une seule larme s'échapper de ses paupières et glisser en silence, presque discrètement, le long de sa joue.

— Hé, dis-je en posant mes doigts sur sa main libre.

Je la couvris et je refermai les doigts autour des siens.

— Je ne voulais pas te rendre triste. C'était une soirée tellement sympa. Tu te souviens… ?

Sa main tressaillit et elle tourna le poignet pour serrer mes doigts en retour. Puis elle sourit.

— Bien sûr que je m'en souviens. Cette folle partie de capture du drapeau qui a duré toute la journée au parc. Notre équipe a gagné, mais nous étions presque morts de déshydratation.

Je soupirai en me rappelant la journée. Elle et moi avions été mis dans la même équipe et notre mission était d'espionner l'autre côté. Nous nous étions amusés à faire référence à nos faux gadgets d'espions et à écrire des rapports imaginaires. Son père avait été le capitaine de notre équipe et il nous avait accordé à tous les deux un ruban symbolique de meilleur joueur pour notre équipe.

La journée avait été excellente. C'était un souvenir que je gardais comme un talisman parmi mes archives mentales et que je pouvais faire resurgir à des périodes aléatoires de ma vie. Une journée merveilleuse que j'avais partagée avec *elle*.

Elle toucha le cadre.

— Papa. Il me manque toujours.

Je pressai sa main.

— À moi aussi. Son rire tonitruant me manque.

Elle renifla en souriant.

— Merci. Ce cadeau... compte beaucoup. Un souvenir heureux et un souvenir de mon père.

— Il compte beaucoup pour moi aussi. Je voulais que tu l'aies. Et je t'enverrai la version numérique quand je rentrerai à la maison.

Elle serra le cadre photo contre son cœur et me regarda.

— Tu es tellement attentionné, Jeremy.

Nos regards se croisèrent et...

Un éclat de rire et une chanson se firent entendre au-dessous de nous.

Nous sourîmes en ignorant le bruit. Jusqu'à ce que j'ouvre la bouche et que je rompe le sortilège.

— Nous devrions parler de ce qui est arrivé dans le placard.

Son sourire s'estompa.

CHAPITRE SEPT
MICHAELA

J E CLIGNAI DES YEUX, MAIS JE NE DIS RIEN. IL M'AVAIT PRISE AU dépourvu. Enfin, je savais qu'il voulait sans doute parler du baiser dans le placard, mais j'avais cru que le sujet ne serait pas abordé tant que nous étions concentrés sur son cadeau très attentionné.

Je baissai les yeux, souhaitant éviter le sujet de ce baiser. Si nous n'en parlions pas, alors il n'avait pas eu lieu. Et tous les problèmes associés ne seraient pas réels non plus.

— Mic.

Il retira la main qui recouvrait la mienne et son regard devint plus intense.

Je respirai profondément et je laissai échapper un long et lent soupir.

— On ne devrait peut-être pas en parler.

Il fronça les sourcils.

— Pourquoi pas ?

Je regardai la photo, le cœur débordant encore d'émotion. Je semblais incapable de conquérir Jeremy, et quand je m'en approchais, il glissait à nouveau entre mes doigts. L'été de cette photo, avant qu'il change d'école et que nous ne nous étions presque plus revus. Son année de terminale, quand nous avions établi un pacte pour nous rendre au bal de fin d'année ensemble jusqu'à ce que nous soyons tous les deux invités par quelqu'un d'autre au dernier moment. Ensuite, il était parti à la fac. Chaque fois que nous nous rapprochions, quelque chose nous séparait avant même que ça puisse commencer.

Pourquoi serait-ce différent cette fois ? Juste au moment où j'avais mis fin à ma relation avec Sean, Tiffani et lui avaient décidé de réessayer ensemble. N'allions-nous jamais être plus que cette photo encadrée et tout un tas de souvenirs ?

— Je pense simplement que ça n'arrivera jamais, murmurai-je à voix basse.

Son visage s'assombrit.

— C'est… c'est ce que tu veux ?

Je me raclai la gorge et je m'agitai avant de poser le cadre sur le lit à côté de moi.

— Ça n'aurait pas dû arriver. En ce qui me concerne, ce n'est pas arrivé.

Il leva un sourcil.

— Vraiment ?

— Je ne veux pas lui faire de mal, chuchotai-je.

Il sembla soudain comprendre. Il passa une main dans ses cheveux.

— Je vois. Je ne veux pas lui faire de mal non plus, mais…

— Alors, tu vois ? Nous sommes d'accord. Il n'y a… il n'y a rien à dire.

Et de mon côté, j'allais fournir des efforts pour ne pas penser à la façon dont ses baisers m'avaient réchauffé de l'intérieur… au fait que je n'avais jamais au grand jamais été embrassée de cette façon. Et que si je n'étais plus jamais embrassée de cette façon, mon avenir était très triste et vide.

Parce que dans l'ordre des choses, ce baiser avait une note de treize sur une échelle d'un à cinq. Et treize n'était pas un nombre qui me portait chance. Tant que j'en étais à attribuer des nombres qui portaient malheur à mon « baiser d'une vie », je n'avais qu'à briser quelques miroirs ou passer sous une échelle, aussi.

Je poussai un gros soupir et je détournai le regard de l'air énigmatique dans ses yeux verts.

— S'il te plaît, Jeremy. Nous ne pouvons pas et nous ne devrions pas en parler. En fait, je n'en parlerai pas tant que tu ne règles pas ce qu'il se passe entre Tiffani et toi. Ça doit passer avant… et ne fais surtout rien de drastique avant Noël.

— Mais…

Je secouai la tête.

— Tiffani est ta priorité pour l'instant.

— Ça, ça me plaît !

Nous tournâmes tous les deux la tête vers le sommet des marches où se tenait maintenant Tiffani qui nous dévisageait tour à tour avec un sourire hésitant.

Jeremy jeta un coup d'œil vers moi avant de se relever.

— Je suis venu voir comment va Mic. Je ne suis pas un grand fan du film *Elfe*.

Tiffani hocha la tête.

— Les grands esprits se rencontrent. C'est pour cette raison que je suis là aussi.

Elle me regarda ensuite.

— Alors, tu te sens mieux ?

Je glissai la photo encadrée sous mon oreiller, ravie de l'avoir posée à côté de moi avant qu'elle arrive. Non pas que ce soit une mauvaise chose qu'il me donne un cadeau, mais… je n'avais pas envie de l'expliquer maintenant. Mes émotions partaient dans tous les sens et si je ne faisais pas attention, j'allais me trahir.

Jeremy hésita juste un instant de plus avant de hocher la tête vers Tiffani. Puis, il marmonna quelque chose au sujet de descendre et de nous laisser le temps de bavarder. Je le regardai partir et quand je croisai à nouveau le regard de Tiffani, je constatai qu'elle m'observait.

Son visage était indéchiffrable quand elle s'approcha pour s'asseoir sur le lit à côté de moi. Mon estomac n'arrêtait pas de se tordre à cause de la même vieille culpabilité. Le savait-elle ?

— Je suis désolée que tu ne t'amuses pas beaucoup, dit-elle. Je voulais vraiment que ce soit un bon moment pour toi. Que tu penses à autre chose que ta tristesse.

Je respirai en tremblant.

— Oh, ce n'est pas ta faute si je ne peux pas supporter mon chocolat chaud alcoolisé. Donna et toi avez vraiment organisé tout ça à la perfection.

Je tendis la main vers la sienne et la serrai en ajoutant :

— Merci. Et toi ? Est-ce que tu t'amuses ?

Elle me jeta un regard rusé avant de hocher la tête.

— Que se passe-t-il ?

Elle haussa les épaules.

— Je... eh bien... je dois dire que j'ai des doutes sur toute cette histoire de deuxième chance avec Jeremy. Je vois déjà que nous aurons les mêmes problèmes qu'avant.

Je me mordis la lèvre en hochant la tête et en faisant de mon mieux pour lutter contre la montée de joie en moi. Tiffani comprenait enfin que Jeremy et elle n'étaient pas du tout faits l'un pour l'autre. Cette situation n'était peut-être pas obligée de briser le cœur de qui que ce soit, finalement.

Je priai les Dieux pour que ceci fonctionne. Peut-être…

Mais je devais admettre, même à moi-même, que j'avais extrêmement peur de commencer quoi que ce soit avec lui au risque que cela nous soit retiré tout aussi vite. Comme c'était arrivé si souvent auparavant.

— Qu'est-ce que je devrais faire ? J'aimerais le larguer en douceur, mais Noël n'est que dans quelques jours.

Je retins mon souffle et je la regardai dans les yeux.

— Je pense que tu devrais lui parler quand tu te sens prête.

— Je ne sais pas, soupira-t-elle en se frottant entre les yeux comme si elle luttait contre un mal de tête soudain. Je ne veux pas être celle qui rompt avec un type la semaine de Noël.

Je mordis ma lèvre avec plus de force, menaçant de la faire saigner. Fallait-il que je dise quelque chose ou que je laisse faire ? *Ne te mêle pas de ce bazar, Michaela.* Je ne pouvais pas m'immiscer dans leurs affaires. Je ne pouvais pas être la baronne qui envoie Maria au couvent afin de récupérer le Capitaine von Snack.

Parce que Maria allait revenir et ils allaient chanter l'un pour l'autre dans le belvédère et avouer leur amour pendant que la baronne retournait seule à Vienne.

— Je… je pense que tu dois faire ce que te dicte ton instinct, affirmai-je en m'étranglant, à peine capable de contenir mon propre flot de sentiments pour Jeremy.

Sans parler de la tentation énorme de l'influencer dans mon propre intérêt et non le sien.

Elle posa la paume sur son ventre, comme si elle réfléchissait vraiment à mes conseils.

— Je préfère écouter ma tête.

Je poussai un soupir de frustration.

— D'accord, et que te dit ta tête ?

Elle se pencha en avant et plaça une paume sur chacune de ses tempes.

— Je ne sais pas.

Je posai la main sur son dos et je frottai.

— Pourquoi ne pas te focaliser sur les choses joyeuses, dans ce cas ? Profite du week-end. Donna et toi avez fait tant d'efforts.

— Je sais. Je suis épuisée. Et je regrette de ne pas être partie skier avec mes parents.

Je souris.

— Ne sois pas trop dure avec toi, Tiff.

Elle tourna la tête et me regarda.

— J'ai remarqué que Lucas et toi vous vous entendez bien.

Ma main s'immobilisa.

— Euh, il est sympa. Mais plutôt destiné à être un ami.

Elle fronça les sourcils.

— Vraiment ? Parce que j'ai un petit crush pour lui en ce moment. Il était hilarant pendant l'échange de cadeaux.

J'éclatai de rire.

— Eh bien, je te promets que quoi que tu décides, si tu veux sortir avec lui, ça ne me gênera pas du tout.

Tiffani fit semblant de me mettre un coup de coude.

— Je ne pense pas à ça. Pas *encore*. Je dois d'abord comprendre ce que je ressens pour Jeremy. Mais oui, peut-être.

Nous nous regardâmes dans les yeux en éclatant de rire.

— Est-ce qu'on aura le temps de regarder notre film avant que je prenne l'avion pour rentrer chez moi à Noël ?

Je souris en répondant :

— Je l'espère. *La Mélodie du bonheur* est notre tradition de Noël… si on peut déjà compter ça comme une tradition après juste une année.

Elle hocha la tête d'un air déterminé.

— Tout à fait. Quand nous rentrerons à la maison, dimanche soir, c'est calé. Toi, moi, et les nonnes.

Je la serrai dans mes bras. C'était presque comme autrefois, avant qu'elle commence à être si tendue tout le temps.

— Bon, il faut que je descende. Le film vient de se terminer et je sais qu'il y aura une dispute pour savoir quel sera le prochain. Dors bien.

Je fonçai pour aller aux toilettes et me brosser les dents avant que tout le monde veuille y aller.

La dernière chose que j'entendis avant de m'endormir fut le refus strident de Donna quand Nathan avait suggéré le film suivant.

— On ne va *pas* regarder *Die Hard*, Nathan. Peu importe le nombre de fois que tu me répètes que c'est un film de Noël.

CHAPITRE HUIT
JEREMY

IL ETAIT TOT ET ÇA NE ME RESSEMBLAIT PAS DU TOUT D'ETRE réveillé à cette heure-là, encore moins de me balader dehors par cette matinée fraîche. Mais j'avais besoin du froid, du silence. Il me fallait une longue promenade dans la nouvelle poudreuse tombée pendant la nuit.

Et même si je ne l'avais pas deviné avant, j'avais besoin de sentir et d'entendre le craquement de la neige fraîche sous mes bottes à chaque pas. Le froid mordait mes joues et les lobes de mes oreilles et embuait mes yeux.

Mais c'était agréable. C'était le meilleur moyen que je trouvai pour m'éclaircir les idées et découvrir ce que je devais faire.

Juste avant de me réveiller, j'avais rêvé de Michaela. Nous étions à nouveau des gamins au lycée. Et ce soir-là, lors d'une danse ringarde dont je ne me souvenais même plus, je lui avais presque demandé de danser un slow avec moi. Son frère m'avait même dit que ça ne le gênait pas.

Mais je m'étais dégonflé.

Des occasions manquées… il y en avait tellement. Cela suffisait à pousser même les plus sceptiques comme moi à croire au concept de destinée.

Le timing n'avait jamais été bon pour nous. Qui étais-je pour penser que ça allait fonctionner, cette fois ?

J'aimais beaucoup Tiffani et la décision de rompre avec elle la première fois avait été difficile. Elle était, au fond de son cœur, quelqu'un de gentil. Mais nous n'étions pas très bien assortis. Nous avions passé la majorité de notre temps ensemble à lutter pour faire correspondre des choses qui ne devaient pas nécessairement s'associer. Et cela avait engendré beaucoup de disputes et de chagrin.

J'avais eu plus de facilités à nier mon intérêt pour Michaela avant que je l'embrasse. Parce qu'avant, j'avais douté de moi-même et je m'étais demandé si je ne la désirais pas simplement parce que je voulais sortir de la situation dans laquelle je me trouvais.

Mais ce baiser m'avait complètement détrompé de cette idée. Complètement et entièrement.

Ce baiser avait été électrique, ensorcelant. Et maintenant, je me sentais simplement misérable et froid de l'intérieur.

Il fallait que je choisisse si j'attendais après Noël pour mettre fin à cette relation avec Tiffani ou si je profitais du moment présent avec Michaela. Nous nous étions manqués par intermittence pendant des années.

En sachant ce que je savais maintenant, pouvais-je vraiment attendre encore une journée ?

Non. Non, je ne le pouvais pas.

En entrant dans le chalet, je vis que Donna et Nathan n'avaient pas encore émergé de leur chambre. Le seul autre type debout était Lucas. Il montrait à Michaela comment jouer à quelque chose sur la PlayStation. La scène me déprima et renforça mon besoin d'agir tout de suite.

Je suivis l'odeur de café jusqu'à la cuisine, où je savais que j'allais sûrement trouver Tiffani.

— Bonjour, dis-je à Tiffani qui me servit une tasse de café sans que j'aie besoin de lui poser la question.

Elle poussa la tasse vers moi et se rapprocha de la porte avant de regarder autour d'elle et de la fermer.

Bon, je supposai que je n'étais pas le seul à avoir envie de parler.

— Jeremy, assieds-toi. Je pense qu'il y a certaines choses, des choses importantes, dont nous devons parler.

Je m'installai à la table en face d'elle et je bus mon café. Il était parfait. Elle avait toujours été très douée pour préparer un bon café.

Elle soupira et croisa les doigts devant elle, puis elle leva les yeux vers moi avant de rejeter ses cheveux sombres par-dessus son épaule.

— J'espère que tu ne vas pas avoir l'impression que je suis folle, d'autant plus que c'est moi qui ai demandé ça... cette nouvelle tentative ou je ne sais pas comment on peut l'appeler. Je pensais que nous pouvions régler les choses qui causaient nos disputes dans le passé.

— Ce n'est pas fou d'avoir demandé à réessayer, Tiff. L'année a été compliquée, et c'est toujours plus facile de voir après-coup ce que nous aurions pu faire pour tout régler.

Elle sourit avec tristesse.

— Oui. Sauf que nous ne pouvons rien réparer, n'est-ce pas ?

Je fronçai les sourcils.

— Je pense que c'est juste que nous sommes très différents. Et je t'aime vraiment beaucoup, Tiffani. On s'amusait bien ensemble quand on ne se disputait pas...

Elle bougea brusquement sur sa chaise et pencha la tête vers moi.

— Mais c'est justement le problème... on ne s'entendait pas très souvent.

Je hochai lentement la tête en fixant du regard la surface immobile de mon café.

— C'est vrai.

— Je n'ai jamais ressenti le déclic. Tu sais ce que je veux dire ? Le déclic que l'on rêve de ressentir pour la personne avec qui on est.

Je hochai la tête avant d'attraper ma tasse pour boire une gorgée. Je la reposai et je plongeai à nouveau les yeux dedans.

— Je pense que tu es fabuleuse, Tiff. Tu vas rendre quelqu'un vraiment heureux un jour. Et tu mérites quelqu'un qui te rendra plus heureuse que je l'aie fait.

Elle se lécha les lèvres et m'observa longuement avant de hocher la tête.

— Tu as raison. Je le mérite. Tout le monde le mérite. Tout le monde mérite d'être avec les gens qu'ils aiment, particulièrement à Noël.

Sa voix tremblait légèrement. Je tendis la main et je pris la sienne entre mes doigts.

— Hé, tu es avec des gens qui t'aiment. Michaela t'aime beaucoup et tu sais que moi aussi. Mais pas...

Elle retira sa main et balaya ce que j'allais dire en soupirant.

— Oui, pas besoin d'être explicite. Je pense que nous sommes sur la même longueur d'onde. C'est vraiment inutile de prononcer ces choses déprimantes à voix haute.

Je secouai la tête.

— Je ne veux pas que tu sois déprimée à Noël.

Elle rit.

— Je ne le serai pas. Enfin, je craignais l'être si j'étais seule. Et comme je n'ai pas fréquenté beaucoup de monde depuis que nous avons rompu la dernière fois, j'avais de l'espoir. Je me suis dit que ce serait confortable, quelque chose que je connais au lieu d'être seule pour les fêtes.

Elle termina avec une légère grimace.

— Tu n'es pas seule tant que tu as Michaela. Ce n'est pas obligé d'être de l'amour romantique. Je serai toujours ton ami.

Elle se mordilla la lèvre et le fixa du regard comme si elle voulait dire quelque chose, mais n'arrivait pas à rassembler le courage.

— Dis-le, Tiff… quoi que ce soit.

— Puis-je te poser une question ?

Je me raidis, craignant que cela dégénère en une conversation au sujet de Michaela, mais je finis par acquiescer en penchant la tête.

— Bien sûr.

— Serais-tu contrarié si un jour, euh, je sortais avec un de tes collègues ?

Je poussai un soupir, pris au dépourvu par le changement soudain de direction.

— J'agirai en adulte, finis-je par dire.

J'étais toujours surpris qu'elle n'ait rien remarqué entre Michaela et moi. Nous avions bien caché ces sentiments… en tout cas, c'était ce que je pensais. Mais j'avais toujours supposé que j'étais trop peu discret et que Tiffani était au courant depuis le début.

Elle hocha la tête.

— D'accord, bien. Et j'agirai en adulte si jamais… tu voulais être avec une de tes amies. Tu sais, quelqu'un avec qui tu pourrais avoir plus de choses en commun.

Je clignai des paupières et je la regardai dans les yeux. Elle semblait sous-entendre beaucoup plus et il était vrai que je ne comprenais jamais trop les subtilités des communications féminines, parce que je m'étais beaucoup trompé dans le passé. Particulièrement avec cette femme-ci.

Je me raclai la gorge.

— Alors, tu veux dire…

— Oui, c'est exactement ce que je veux dire.

Elle se pencha et attrapa son sac à main dans lequel elle fouilla.

— Je ne t'ai jamais rendu ta clé quand nous avons rompu la dernière fois. Je devrais le faire maintenant.

Je levai une main.

— Tiff, toutes ces formalités ne sont pas utiles.

Elle secoua la tête et ses cheveux bruns et brillants volèrent autour de ses épaules pendant qu'elle séparait solennellement la clé de son porte-clefs.

— Non, je pense que c'est bien. Une rupture propre. C'est mieux que la dernière fois.

Elle me la présenta.

— Voilà pour toi.

— Je n'ai pas mon porte-clefs sur moi, sinon je ferais la même chose.

Elle tendit la main pour m'arrêter.

— Garde-la. Tu pourrais en avoir à nouveau besoin, plus tard.

Et voilà. Tiffani était loin d'être aussi ignorante que je l'avais cru –, ou peut-être espéré. L'avais-je blessée ?

— Tiffani, je suis vraiment désolé.

— Non, je pense que nous sommes tous les deux désolés. Tu as vraiment essayé, Jeremy, vraiment. Mais ce n'était pas ça. Alors, repartons dans une autre direction et essayons d'être heureux. Eh oui, j'aimerais que nous puissions rester amis. J'ai l'impression que nous serons de bien meilleurs amis qu'amants.

Je me levai.

— Est-ce que je peux te prendre dans mes bras ?

Elle me fit un sourire serein.

— Ça me plairait. Faisons un câlin.

Nous nous séparâmes et elle leva les yeux vers moi.

— Ne le prends pas mal, mais je crois que je vais essayer de trouver un moyen de partir d'ici. Peut-être prendre un Uber à San Bernardino quand je serai descendue de la montagne.

— J'aimerais que tu restes, mais si tu veux vraiment partir, je te ramènerai.

— Tu as encore toute une journée à passer ici et c'est un trajet de deux heures jusqu'à la maison. J'aimerais voyager un peu en solitaire, de toute façon. Ça me permettra de réfléchir. Ce sera bien pour moi.

— Dans ce cas, j'organiserai le transport pour toi, suggérai-je.

Elle hocha la tête.

— Je vais aller rassembler mes affaires et ce serait bien que Michaela et toi rameniez les plats et les restes de courses à la maison.

Elle se tourna pour partir et même si elle le cachait très bien, je perçus à la façon dont ses épaules étaient voûtées qu'elle était un peu attristée par la situation. Mais je ne savais pas si c'était à cause de l'échec de cette deuxième chance, ou parce qu'elle n'avait pas de relation amoureuse pendant les fêtes.

Michaela était une bonne amie pour Tiffani et elle faisait attention à ses sentiments. Si j'avais la chance de pouvoir convaincre Michaela de tenter quelque chose avec moi, nous allions devoir avancer lentement. Et j'espérais vraiment qu'elle soit prête à saisir cette chance.

Parce que c'était mon cas.

Pendant que Tiffani faisait sa valise, je partis utiliser la salle de bains où je me douchai et je me rasai pour la journée avant que nous soyons tous trop occupés. La plupart des autres dormaient encore ou venaient tout juste de se lever.

Une fois propre et habillé, je pris le temps de trouver un moyen rapide et sûr de descendre la montagne pour Tiffani. Je décidai finalement que je devais la conduire moi-même, et sauf si je pouvais convaincre Michaela de m'accompagner, je n'allais pas être capable de revenir dans la soirée. Des chutes de neige étaient annoncées pour le soir et je connaissais mes limites en tant que conducteur. Conduire en montagne pendant une tempête de neige, c'était largement au-delà de mes capacités.

Je commençai donc aussi à rassembler mes affaires, mais je ne pouvais pas partir avant d'avoir discuté avec Michaela. Il était encore tôt et Tiffani pouvait attendre un peu.

Après avoir découvert que Michaela et quelques autres étaient sortis, j'attrapai ma veste pour faire la même chose.

Je posai la main sur la poignée de la porte et je me figeai. En regardant par la fenêtre de la porte de derrière, je vis Michaela et Lucas côte à côte sur la terrasse. Il avait le bras autour de sa taille et elle penchait la tête sur son épaule. Ils se parlaient de très près et – *merde* – ce fut comme un coup de poing dans le ventre.

Je serrai la mâchoire, presque submergée par l'envie de tuer Lucas. À mains nues. D'accord, ce n'était sans doute même pas possible étant donné que Lucas avait été un athlète universitaire et qu'il semblait assez en forme. En outre, c'était mon ami, alors ç'aurait été un peu bizarre.

Mais *merde*. Pourquoi fallait-il qu'il choisisse de tenter le coup *maintenant*? Quand j'étais à cinq minutes de faire la même chose ?

Je brûlais d'envie de faire quelque chose de crétin comme foncer au-dehors et les interrompre, mais c'est alors que Tiffani m'interrompit en me demandant ce que j'avais trouvé pour rentrer chez elle. Je lâchai la porte et je jetai ma veste par terre, presque avec dégoût.

— Est-ce que ça te va de me ramener ? Sinon…

— Non, ça va, allons-y.

— Laisse-moi dire au revoir à Donna d'abord. Elle lave la vaisselle, alors, donne-moi quelques minutes pour l'aider à ranger. Ensuite, on y va.

Alors, oui, je devais passer l'après-midi à conduire mon ex jusqu'en bas de la montagne après que nous avons décidé de ne pas nous remettre ensemble. J'avais l'impression que ça n'allait pas être un trajet bavard rempli de conversations brillantes.

Je capitulai avec un soupir et je me réfugiai dans le salon où je me laissai tomber sur le canapé. Nathan et Katya étaient en plein combat dans le dernier *Call of Duty*. Je devais admettre que je fulminais.

Et je cherchai des plans pour faire en sorte que Michaela rentre à la maison avec nous. Je ne voulais pas qu'elle reste ici sans moi. Je ne voulais *surtout* pas qu'elle reste ici avec Lucas. Quels sentiments pouvaient naître entre eux, sinon ?

— Salut, mon vieux, qu'est-ce qu'il se passe ? dit Nathan quand j'étais resté assis à les observer en silence pendant quinze minutes.

— Pas grand-chose, je suis juste fatigué.

Je m'étirai. C'était vrai. J'avais à peine dormi la veille alors que je cherchais à régler mes problèmes. Maintenant, Tiffani avait pris les choses bien mieux que je ne l'avais cru et c'était un grand soulagement. Mais tout était en suspens avec Michaela qui se faisait en ce moment réconforter par un autre homme, alors...

C'était nul.

Je jetai un coup d'œil à ma montre et je regardai dans la direction de la cuisine. Tiffani était assise à la table et elle parlait intensément avec Donna. Elle ne semblait certainement pas pressée de partir. Tant mieux. Si elle restait, alors, moi aussi.

Et j'aurais peut-être l'occasion de parler à Michaela.

— Bébé ? cria soudain Donna depuis l'autre pièce. Tu peux venir là une minute ?

— Vraiment pas. Kat est en train de m'écrabouiller.

— Carrément, oui, confirma la jolie rousse en riant.

— Il faut juste que je te pose quelques questions.

Nathan secoua la tête et poussa un grognement quand Katya l'écrasa encore. Avec un soupir dégoûté, il me tendit la manette.

— Joue à ma place, tu veux bien ? Tu ne peux pas être plus mauvais que moi.

— C'est bien que vous soyez mauvais, intervint Kat en se penchant vers l'écran, ravie.

On ne jouait même pas depuis cinq minutes lorsque Lucas revint par la porte d'entrée, le téléphone collé contre sa tête.

— Bon sang, ferme la porte. Il fait froid dehors, aboya Kat.

Lucas obéit sans un mot. Je levai la tête. Pour un type qui venait de passer la dernière demi-heure, au moins, à faire des câlins à Michaela, il n'avait pas l'air content.

Il avança derrière le canapé où j'étais assis à côté de Katya –, me défendant bien mieux que Nathan, d'ailleurs. Ça faisait des lustres que je n'avais pas joué à *Call of Duty*, alors Kat avait clairement l'avantage. En outre, c'était une très bonne joueuse.

Lucas ne disait pas grand-chose au téléphone, mais il ne semblait pas content de ce qu'il entendait.

— Oui, d'accord. Je m'en occupe tout de suite. Je peux être là dans quelques heures.

Kat et moi tournâmes la tête vers Lucas quand il mit fin à son appel téléphonique, car nous avions perçu les signes évidents de son angoisse. C'était le Bat-signal pour ceux qui travaillaient à l'entreprise de jeux vidéo, surtout si près des fêtes.

Nous oubliâmes le jeu pour l'instant en nous focalisant sur Lucas. Il passa les mains dans ses cheveux.

— Qu'est-ce qui se passe ? demanda Katya.

Il poussa un long soupir.

— Réunion d'urgence des directeurs au campus. Les serveurs de Draco ont subi une attaque DDoS continue depuis tôt ce matin.

Kat posa sa manette.

— Merde. Il se passe quoi ? C'est qui ?

Lucas se penchait déjà pour enrouler son sac de couchage. Il secoua la tête.

— Personne ne sait rien. Je dois descendre, évidemment. Je suis content d'être venu avec ma propre voiture. Il faut que je parte le plus tôt possible.

Aucun des autres parmi nous n'était directeur, alors nous ne nous sentions pas obligés de partir, même si je soupçonnais que j'allais recevoir un appel ou des textos fébriles de mon chef plus tard dans la journée. Eh bien, il y avait une bonne nouvelle pour moi dans tout ça : si je devais partir aussi, au moins Lucas ne serait pas ici avec Michaela.

Nathan, Donna et Tiffani étaient tous arrivés de la cuisine.

— Je viens de recevoir un texto du travail, dit Nathan à Lucas. Tu pars ?

Lucas ferma son sac, se leva et le hissa sur son épaule.

— Oui, il le faut.

— Peux-tu...

Tiffani contourna Nathan et fit un regard charmeur à Lucas.

— Est-ce que ça te gênerait de me descendre ? Et ne t'inquiète pas si tu vas directement à Draco. J'habite tout près et je pourrai simplement faire venir un Uber de là-bas. Ça évitera le trajet à Jeremy.

Lucas hocha la tête.

— Bien sûr, aucun problème. Tu es prête à partir ?

Je me levai pour attraper les sacs de Tiffani pour elle pendant que Kat lui demandait pourquoi elle partait en avance. Je n'entendis pas l'excuse qu'elle donna. Je chargeai ses affaires à l'arrière de la Mercedes vintage de Lucas et je fermai la portière, puis je me tournai pour scruter le jardin afin de voir où était partie Michaela. Elle était introuvable.

Quand Lucas et Tiffani sortirent, je la serrai dans mes bras et je déposai un baiser sur sa joue.

— Si je ne te vois pas avant Noël, passe de très bonnes fêtes avec ta famille.

Tiffani s'écarta, leva la tête vers moi et sourit.

— Merci, et j'espère que tu passeras aussi un très bon Noël. Tu pourras dire au revoir à Michaela de ma part et la prévenir que c'est toujours bon pour notre soirée film à la maison, demain ?

Elle jeta alors un regard sur le côté et croisa celui de Lucas à qui elle offrit un sourire séducteur.

— Merci, Lucas. Tu es le meilleur.

— Aucun souci.

Son sourire s'élargit et je reconnus le début de quelque chose, potentiellement. Je me souvins de la façon dont Tiffani avait parlé de Lucas à Michaela dans la voiture. Elle avait peut-être elle-même un peu craqué pour lui.

Hmm. Je serrai la mâchoire. Les deux filles s'intéressaient maintenant à lui ? Qu'avait-il donc que je n'avais pas ?

J'ouvris la portière pour Tiffani et je la refermai dès qu'elle se glissa à l'intérieur. Lucas ouvrit sa propre portière, mais avant qu'il puisse s'asseoir, Kat émergea de la porte du chalet et courut vers lui.

— Lucas… j'ai du mal à croire que tu aies pu l'oublier !

Il se tourna vers elle.

— Que j'ai oublié quoi ?

Elle sortit une main de derrière son dos où elle avait caché quelque chose. Elle tendit alors le bras vers lui en tenant le pot avec le cactus.

— Tu as presque oublié Kiki. Il va devenir tout mou et déprimé si tu l'ignores de cette façon.

Lucas poussa un juron et lui arracha la plante en pot des mains.

— Oh, je me vengerai pour ça, Cranberry. Tu verras.

— Bonne chance. Je serai dans les Caraïbes toute la semaine prochaine ! chantonna-t-elle en retournant au chalet au pas de course avec quelques jurons contre le froid.

Lucas cala le cactus entre quelques sacs sur le plancher du siège arrière. Une fois de plus, il fut prêt à monter en voiture quand je l'arrêtai.

— Où est Michaela ? demandai-je très doucement afin que Tiffani, dans la voiture, ne m'entende pas.

— Elle a dit avoir besoin d'une longue promenade pour être seule et s'éclaircir les idées. Je pense qu'il y a un centre commercial au bout de la route et qu'elle voulait du café. Elle s'est peut-être dirigée dans cette direction.

Je fronçai les sourcils.

— Quoi ? Elle va bien ? Que lui as-tu dit ? De quoi avez-vous parlé tout ce temps sur la terrasse ?

Il leva ses sourcils sombres.

— Tu devrais lui parler, mon vieux. Elle te dira tout ce que tu as besoin de savoir.

J'écarquillai les yeux et il hocha la tête, puis il ouvrit sa portière et s'installa au volant.

Je marmonnai « bonne route » en passant les doigts dans les cheveux et en essayant de comprendre ce que signifiait son commentaire mystérieux. Manifestement, j'allais devoir l'apprendre de la part de Michaela. S'il arrivait à la trouver. Il était plus de midi. Elle était peut-être allée déjeuner ?

Mais où ?

Je sortis mon téléphone pour lui envoyer un texto, mais je ne reçus rien de l'autre bout, juste un signal que le texto avait été envoyé. Pas d'indication qu'il avait été lu ni de points de suspension promettant une réponse imminente. Rien.

J'attendis, puis je lui envoyai quelques messages supplémentaires. Ceci continua pendant des heures. Est-ce que Michaela allait bien ? Pourquoi ne répondait-elle pas ?

J'eus ma réponse quand je voulus brancher mon téléphone sur un chargeur et que je vis le sien posé là, entièrement chargé. Comme c'était juste avant le solstice, la nuit tombait tôt, particulièrement ici en montagne. Il était tout juste plus de seize heures et le ciel était déjà assez sombre.

En plus de ça, les nuages promettaient une chute de neige très bientôt.

Elle était restée dehors pendant des heures. Et comme moi, elle était une pure Californienne du Sud. Nous n'avions pas l'habitude du temps froid. D'accord, il gelait tout juste, mais pourquoi avais-je soudain l'impression d'être Chewbacca quand ils avaient refermé les portes blindées de la base Echo sur Hoth alors que Han était toujours dehors dans la nuit gelée ?

En désespoir de cause, je m'habillai : le manteau, le bonnet, les gants, des chaussettes épaisses, des bottes et une lampe torche. Je sortis ensuite à la lumière du crépuscule qui s'estompait rapidement. J'espérais qu'elle n'était pas loin au point de rendre cette recherche futile.

CHAPITRE NEUF
MICHAELA

Tout ce week-end avait été extrêmement perturbant et nous n'en étions qu'à la moitié. Et pour empirer le tout, j'étais partie presque toute la journée sans mon téléphone. Heureusement, j'avais pensé à prendre mon porte-monnaie. J'avais passé quelques heures dans la chaleur de l'aire de restauration du centre commercial à environ trois kilomètres en bas de la route, songeant à ma vie tout en buvant du café et en regardant les passants.

Maintenant, alors que j'approchais à pied du chalet dans l'obscurité bleutée du crépuscule, notre maison dans les montagnes brillait d'une couleur dorée par chaque fenêtre, chaque porte vitrée, chaque fenêtre de toit. Mais j'hésitai. Même si j'étais partie toute la journée, je n'étais toujours pas prête à rentrer et à affronter tout le monde… Tiffani et surtout Jeremy.

Argh. C'était trop perturbant. Plus tôt dans la journée, j'avais eu une conversation étonnamment sincère avec Lucas. Nous nous étions confiés l'un à l'autre. C'était tellement bizarre, nous ne nous connaissions vraiment que depuis une journée. Mais il y avait eu un déclic… en tant qu'amis seulement. Malgré tout, c'était un bon déclic.

La façon étrange dont Tiffani avait décrit Lucas – raffiné, de la haute – ne lui correspondait pas tout à fait. C'était plutôt quelqu'un qui semblait plus sage que son âge. Quelqu'un qui avait vécu beaucoup de choses dans sa vie pour son âge. Il m'avait donc semblé naturel et presque facile de lui demander des conseils, sans mentionner le nom de Jeremy.

Il avait confirmé que j'avais pris la bonne décision en expliquant à Jeremy que nous ne devions pas parler tant qu'il n'avait pas réglé la situation avec Tiffani. Maintenant, j'étais donc dans cette étrange zone d'entre-deux, ce *no man's land* des relations. Et ici, j'attendais la décision des autres qui allait avoir un impact profond sur mon propre avenir.

Depuis que Jeremy était revenu dans ma vie l'année dernière, j'avais eu des difficultés à penser à un autre homme, même Sean, celui avec lequel j'avais une relation à l'époque. Jeremy et moi avions repris notre amitié d'enfance exactement là où nous l'avions laissée l'année où Jeremy était parti à l'université.

Nous avions repris les mêmes habitudes, les mêmes centres d'intérêt. Mais nous avions juste été des amis. Rien de plus. De bons amis. De très, très bons amis.

Et maintenant, nous avions découvert que nous étions des amis qui, en s'embrassant enfin, déclenchaient des étincelles qui menaçaient de faire brûler la maison. Mais nous allions devoir attendre de savoir ce que ça voulait dire, si nous décidions tous les deux d'explorer cet aspect.

Je contournai le bord de la propriété du chalet en me dirigeant vers le terrain vide à côté et les bois au-delà. Des troncs d'arbres nus et des branches griffaient le ciel dans lequel s'agitaient des nuages sombres. L'air autour de moi semblait silencieux, étouffé. Tout était immobile. J'avais les larmes aux yeux et le nez brûlé par le froid. Je n'avais pas pris mes gants, alors j'avais enfoncé les mains très loin dans mes poches pour les garder au chaud.

J'étais prête à abandonner et à retourner au chalet… lorsque je remarquai une silhouette près de là. Une personne qui se dirigeait tout droit vers moi à travers le bois.

Je reconnus la veste de ski bleu à bordure jaune de Jeremy. Mon premier instinct fut de l'éviter et de retourner au chalet avant qu'il me croise, mais je luttai pour ne pas y céder. Il avait clairement quelque chose à dire. Ou peut-être était-il inquiet que je me sois absentée si longtemps. Après tout, j'étais injoignable, car j'avais laissé mon téléphone sur le chargeur.

Ses pas accéléraient à mesure qu'il s'approchait : de grands pas déterminés. Je doutais de pouvoir m'enfuir, même si j'en avais eu envie. Non, avec mes joues et les lobes de mes oreilles qui brûlaient, je tentai désespérément de tout réchauffer en posant les mains sur mon visage et en soufflant furieusement dedans.

— Hé, qu'est-ce que tu fais ?

— Je marche « sur le long chemin tout blanc de neige blanche. »

Il s'esclaffa.

— Mais tout là-haut le vent siffle dans les branches ! Et franchement, tu dois être gelée, ajouta-t-il quand il fut à ma hauteur.

Il défit alors son manteau.

— Tiens…

— J'ai déjà un manteau. Ne me donne pas le tien, sinon c'est toi qui vas geler.

— Moi, ça va.

Il retira ses gants et ajouta :

— Mets au moins ça.

— J'étais sur le point de rentrer…

Il tendit la main et posa doucement les doigts autour de mon poignet.

— Non, s'il te plaît. Pas encore. On ne va pas souffrir d'hypothermie en quelques minutes seulement.

Sans protester, j'enfilai ses gants et mes mains hurlèrent presque de soulagement, alors que quelques secondes avant, elles criaient de douleur à cause du froid.

Je couvris mes joues et mes oreilles avec mes mains gantées.

— Viens. J'ai chaud. Laisse-moi te réchauffer.

Il ouvrit les bras et je m'approchai de lui en hésitant. Il me serra contre lui et j'enfouis mon visage frigorifié dans le tissu chaud de son pull épais. J'inspirai son odeur et je ressentis une autre forme de chaleur descendre le long de ma colonne. En fermant les yeux, je me perdis dans cette sensation.

Elle était incroyable, réconfortante.

— Pourquoi es-tu ici toute seule ? demanda-t-il à voix basse, aussi doucement et sereinement que le monde autour de nous.

Je haussai les épaules, même s'il ne pouvait sans doute pas le voir.

— Je réfléchissais…

— Au sujet de… ?

Je détournai le regard.

— Comment tout ça va finir par se régler.

J'inspirai, le nez appuyé contre son pull, quand je me rendis compte que Tiffani pouvait sortir et nous trouver ici.

Je ne voulais pas lui faire de mal. Je commençai à m'écarter, mais Jeremy me tenait fermement.

Il pinça les lèvres.

— Je suis désolé que tu sois perdue. Mais je ne le suis pas du tout.

Je frissonnai à côté de lui, soudain refroidie. Il me fit signe de passer les bras sous son manteau. Je l'enlaçai alors.

— J'ai peur que Tiffani sorte et nous voie comme ça.

— Elle ne le fera pas. Elle est rentrée à la maison cet après-midi. Lucas l'a ramenée.

Je penchai la tête pour regarder son visage.

— Vraiment ? Pourquoi ? Elle est contrariée ?

— Pas d'après ce que je pouvais voir. Je veux dire… nous étions tous les deux d'accord pour dire que cette deuxième chance ne fonctionnait pas vraiment et que nous allions certainement refaire les mêmes erreurs. En fait, nous étions déjà retombés dans ce schéma alors que ça ne faisait que quelques jours. J'ai… j'ai un aveu à faire à ce sujet.

Je me raclai la gorge qui me sembla soudain nouée. L'émotion qui s'installait dans ma poitrine n'avait pas encore décidé si elle voulait être de l'angoisse ou de la joie… ou peut-être un étrange mélange des deux.

— Une grande partie de la raison pour laquelle j'ai accepté la proposition de Tiffani, c'était parce que j'allais te revoir. Je ne savais pas alors que Sean et toi vous vous étiez séparés. Quand Tiffani et moi avons rompu cette première fois, je suis resté loin parce que c'était de plus en plus difficile de te voir avec Sean. Mais quand j'ai découvert que tu étais célibataire, j'avais déjà promis à Tiff de nous donner une deuxième chance.

Je fronçai les sourcils.

— Que se serait-il passé si… si tu avais appris que j'étais célibataire, mais que tu n'avais pas eu cette deuxième chance avec Tiffani ?

Il inspira profondément et souffla lentement, le brouillard dansant autour de sa bouche.

— Je t'aurais invitée à sortir sans la moindre hésitation. Ou je t'aurais proposé d'être ton ami au début, une épaule pour pleurer au sujet de Sean si tu en avais besoin. Mais je savais ce que je voulais. Je le sais depuis que je suis venu ici et que nous avons recommencé à traîner ensemble. Mais tu étais avec Sean à ce moment-là.

Je baissai les yeux, hochant la tête en silence pendant que je digérais tout cela. Il avait ressenti ça tout ce temps ? Exactement comme moi ?

— J'aurais dû t'attendre, Mic.

Je laissai échapper un petit rire.

— C'est beaucoup te demander. Ça fait plus d'un an que tu es revenu.

Il s'écarta suffisamment pour me regarder dans les yeux.

— Ça aurait valu le coup. C'est ce que j'aurais dû faire depuis le début.

— Je… je n'en reviens pas, finis-je par chuchoter.

Son visage se figea, comme s'il craignait soudain de ne pas obtenir la réponse qu'il espérait.

— De quoi parles-tu ?

— Tu as vécu exactement la même chose que moi. J'aurais dû rompre avec Sean il y a des mois. Notre relation était devenue machinale depuis très longtemps. Mais comme Tiffani et toi étiez ensemble, j'avais perdu tout espoir. Et le temps n'a jamais été de notre côté.

Il sourit. Je vis clairement le soulagement dans ses yeux.

— C'est peut-être sur le point de changer.

Il plaça la main sous ma mâchoire. Elle était froide, parce qu'il m'avait cédé ses gants. Je fermai les yeux lorsque son pouce caressa ma joue.

— Et qu'est-ce qui te fait croire ça ? Que les choses sont sur le point de changer ?

Je parlai d'une voix rauque dans l'air gelé autour de nous.

— Parce que… parce que nous avons eu beaucoup de temps pour réfléchir au cours des derniers jours, parce que j'ai découvert qu'il y a peut-être une chance avec toi. Et j'ai compris quelque chose de très important.

— Quoi ? l'encourageai-je quand il hésita.

Nos regards se croisèrent et il déglutit.

— Que c'était toi, depuis toujours.

Les mots semblèrent tomber de ses lèvres, mêlés au brouillard pâle qui sortait de nos bouches pendant que nous respirions. Ce souffle fantomatique et nos mots s'unirent en formant quelque chose de surnaturel entre nous. Ma gorge se noua.

— Je…

Je secouai la tête, incapable de trouver les mots pour répondre, rendue muette à la fois par ma joie et ma peur.

Il tenait mon visage entre ses deux mains désormais, et il scruta intensément mes yeux.

— *Toujours*, Mic. Depuis le premier jour où je suis venu jouer avec ton frère Doug au collège et que tu ne voulais pas nous laisser tranquilles. Depuis le jour où je t'ai aidée quand tu t'es écorché les genoux. Quand tu as échoué à ton contrôle d'algèbre et que tu as essayé de cacher tes larmes en me demandant de te donner des cours. Depuis le jour où tu m'as aidé à m'entraîner pour mon discours de remise des diplômes, quand tu m'as écouté pendant des heures, que tu m'as aidé à le mémoriser, que tu m'as applaudi chaque fois que je finissais. Depuis…

— Depuis le début, dis-je d'une voix tremblante, les yeux soudains remplis de larmes qui n'avaient aucun rapport avec le froid.

Il hocha la tête. Je montai sur la pointe des pieds pour croiser les mains autour de son cou et le tirer vers moi. Et comme il avait commencé la veille en faisant enfin le premier pas, c'était mon tour ce soir.

Sa bouche tomba sur la mienne et je goûtai ses lèvres fermes et chaudes. Je sentis ce baiser descendre jusqu'à mes orteils. Il fila et crépita à travers mon corps, jusque dans chaque extrémité. Ses lèvres s'entrouvrirent et ma langue dansa avec la sienne, communiquant sans paroles, seulement par les sentiments, longtemps refoulés par la peur et l'incertitude, craignant que l'autre personne ne ressente pas la même chose.

Et ce lien entre nous devint une canalisation, comme un circuit d'énergie fermée qui passait de lui à moi et revenait à lui en une boucle infinie qui se renforçait elle-même. Ce fut bientôt une vague gigantesque qui menaçait de se briser sur nous. Son souffle entra dans ma bouche, le mien dans la sienne. Ce lien – nos langues et nos mains et nos corps appuyés les uns contre les autres – ne semblait pas représenter entièrement ce qui se passait d'invisible entre nous.

Pendant toutes ces années de lycée, j'avais été amoureuse de lui en craignant qu'il ne ressente jamais la même chose pour moi. Et apparemment, si. Et nous avions perdu quoi ? Six ans ? Sept ?

Mais il m'embrassait maintenant, ses lèvres jouant délicieusement avec les miennes. Je fermai les paupières et la chaleur dans ma poitrine augmenta avec chaque souffle qu'il m'empruntait pour me le rendre plus chaud qu'avant.

Malgré tout le temps que nous avions passé à nous rater, je ne pouvais m'empêcher d'être reconnaissante des années que nous avions eues pour grandir, pour prendre de l'assurance, et pour nous retrouver en ouvrant nos cœurs.

Quand sa bouche quitta la mienne, nos têtes se penchèrent l'une vers l'autre, nos fronts collés. Mes doigts gantés s'entrelacèrent avec ses doigts nus. Et je vis les flocons blancs sur son manteau, son bonnet, sur mes gants. Il neigeait.

C'était presque comme si le monde avait décidé de nous montrer son approbation parce que nous nous étions enfin trouvés. Waouh.

— Doux flocons blancs sur mon nez écarlate… chuchotai-je, presque en chantant.

— Quoi ?

— C'est là un peu de mes joies quotidiennes.

J'éclatai de rire avant de préciser :

— Dans *La Mélodie du bonheur*.

— Évidemment.

Il ricana, puis il pencha la tête vers moi pour m'embrasser encore.

— Et les baisers ? Ils sont sur cette liste ?

Je ris et je l'embrassai à nouveau.

— Certainement. Absolument.

Je levai le visage vers les flocons qui tombaient. Ils s'emmêlèrent dans mes cheveux et brûlèrent mes joues.

— Bon, qu'est-ce que veut dire ? demandai-je.

Il serra les doigts autour des miens.

— Ça veut dire qu'on peut enfin essayer, si tu en as envie.

Je m'esclaffai.

— Bien sûr que j'en ai envie.

— Et que nous devrions avancer tout doucement.

Je hochai la tête en frottant mon front contre le sien.

— C'est une très bonne idée. Nous devrions parler de ce que ça signifie… à l'intérieur.

Il rit avec moi, car il avait commencé à frissonner. Depuis que le soleil était couché, la température avait continué à baisser.

— Et près du feu. Oui, je suis d'accord.

Il prit ma main et nous avançâmes vers le chalet illuminé. Ma tête tomba sur son épaule et je fermai momentanément les yeux alors que mon pouls accélérait.

Ça se passait enfin. Tous mes fantasmes de petite-fille semblaient se réaliser.

Et la réalité serait peut-être à la hauteur. Ou mieux encore.

— Jeremy.

Je m'arrêtai un instant sur la terrasse avant qu'il ouvre la porte.

Il se tourna pour me regarder, les sourcils levés.

— Pour moi, ça a toujours été toi.

Il écarquilla les yeux, puis il sourit en m'attirant encore dans ses bras.

Comment savoir ce qui allait se passer alors que ce n'était que le début ? Nous avions promis de prendre les choses petit à petit et j'étais certaine que c'était une bonne idée pour toutes les raisons que nous connaissions et sans doute certaines que nous ignorions.

L'excitation et beaucoup de joie coulaient dans mes veines et je vis ces émotions chez lui aussi.

Malgré ce tout nouveau début pour nous, j'avais l'impression qu'à partir de maintenant, il n'y aurait que lui. Et pour lui, seulement moi.

AU SUJET DE L'AUTEURE

Brenna Aubrey est une auteure Best sellers USA TODAY d'histoires d'amour contemporaines qui se concentrent sur la culture geek.

Elle a depuis toujours cherché le réconfort dans de bons livres et les longues histoires compliquées qu'elle tisse dans sa tête. Brenna est une fille de la ville avec le cœur d'une amoureuse de la nature. Elle se retrouve donc dans des espaces verts dès qu'elle le peut. Elle est aussi une maman, professeur, fille geek, francophile, une joueuse de jeux vidéo décomplexée et une lectrice compulsive.

Elle réside actuellement sur la côte ouest avec son mari, deux enfants, deux adorables chiots golden retriever, un oiseau et quelques poissons.

www.BrennaAubrey.fr